Illisibilité partielle

VALABLE POUR TOUT OU PARTIE DU
DOCUMENT REPRODUIT

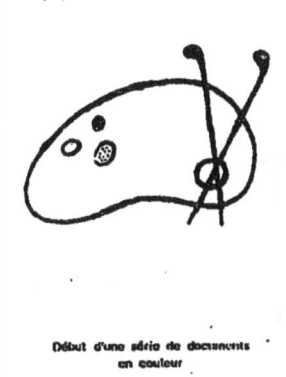

Début d'une série de documents
en couleur

COUVERTURES SUPERIEURE ET INFERIEURE D'IMPRIMEUR

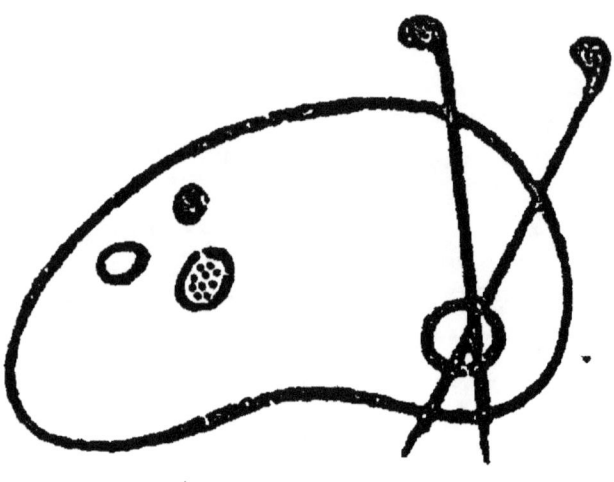

**Fin d'une série de documents
en couleur**

LES
CONTES DE MA BONNE

4° SÉRIE GRAND IN-8°.

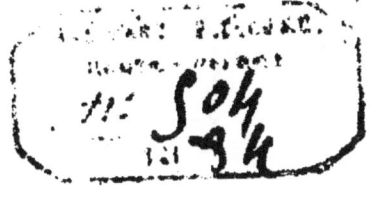

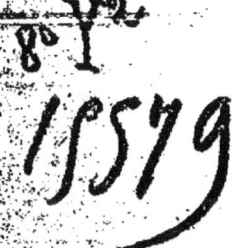

Mme EUGÉNIE FOA

LES CONTES

DE

MA BONNE

ÉDITION REVUE.

LIMOGES

EUGÈNE ARDANT ET Cie, ÉDITEURS.

LES CONTES
DE MA BONNE

CHAPITRE PREMIER

Le Castel du Diable, à Bordeaux.

— Ma bonne, pourquoi appelle-t-on ce château le *Castel du Diable?* demandait, une après-
midi du mois de mars 1829, la petite Mathilde
Pichard à une vieille femme, qu'on reconnaissait
aisément pour une paysanne des environs de
Bordeaux, à sa jupe de laine rouge, ample et
courte, au casaquin de laine bleue, ouvert sur
les hanches, à travers l'ouverture duquel on
apercevait un coin de chemise en toile écrue,
au mouchoir à carreaux rouges et jaunes, croisé

sur son cou; enfin, au bonnet de linon blanc, surmonté d'un second mouchoir bleu, plié en pointe, les trois pointes flottant, une par derrière et deux de chaque côté.

—Parce que... dit celle-ci avec un aplomb imperturbable, et en mouillant du bout des lèvres le lin qu'elle filait.

—Donne-moi une autre raison, ma bonne, reprit l'enfant d'un ton d'humeur.

—Va voir où est ton frère Ernest, où sont les enfants du mystère, Auguste et Juliette, et je te dirai ça, répondit la vieille femme en continuant à filer, pendant que Mathilde quittait la chambre pour remplir la mission dont sa bonne l'avait chargée.

Un moment après elle revint; elle était accompagnée de son frère, qui paraissait plus âgé qu'elle d'un an; et elle tenait par la main deux enfants qui pouvaient avoir tout au plus quatre ans; une vieille paysanne, tricotant en marchant, la suivait, et un paysan portant un fagot de bois mort sur ses épaules fermait la marche.

—Bonjour, la Janon, dit ce dernier en entrant et en jetant dans l'immense foyer de la chambre sa bourrée, qui s'enflamma aussitôt en pétillant.

—Bonjour, Lignac, répondit Janon amicalement; l'ouvrage est fini?

—Ou tout comme, la bonne mère; voici la nuit, et bien que nous soyons à la mi-mars, il fait un froid de chien. J'ai dit à ma femme : Allons faire une petite visite à la Janon et aux enfants, et nous chauffer.

— Alors asseyez-vous et chauffez-vous, mon vieux, dit Janon.

— Bonjour, la fileuse, dit la seconde paysanne à la première.

— Bonjour, la tricoteuse, répondit la première. Soufflez un peu le feu, Lignac. Catherine, sans vous commander, faites asseoir les enfants... bien... Ah!... nous allons commencer.

—Surtout pas d'histoires de revenants, ma bonne, je t'en prie, dit Juliette, la plus petite des

filles que Janon désignait, ainsi que son frère,
par les *enfants du mystère.*

— Oh! si... des revenants, répliqua Ernest :
ça et les *Mille et une Nuits...* c'est tout ce qu'il
y a de plus beau au monde.

— Ce soir, ma bonne nous dira pourquoi le
château de papa s'appelle le *Castel du Diable,*
et pourquoi on n'a jamais pu achever de bâtir la
quatrième tourelle, dit Mathilde.

— Attendez, la fileuse, laissez-moi aller
chercher mes filets pour les raccommoder pendant que vous nous direz ça, dit Lignac en se
retirant.

Bien qu'il ne fît pas encore nuit, il ne faisait
pas non plus grand jour : on était à ce moment
de la journée appelé communément entre chien
et loup; six heures venaient de sonner à l'église
de Lormond, petit village à cinq minutes de
chemin du castel, et à travers la fenêtre près
de laquelle Janon filait on voyait le paysage devenir de plus en plus sombre, le château, bâti
anciennement, prendre un aspect plus gigan-

tesque, et la Garonne, à cause de la marée
montante, rouler ses flots jaunâtres d'une manière menaçante.

—Votre mari est bien bon garçon, Catherine,
dit Janon pendant l'absence de Lignac... Mon
Dieu ! je me rappelle quand ce pauvre Jean Blanc
et sa femme se furent laissés mourir... là...
tout d'un coup... à huit jours de distance...
l'un de l'autre... il y a de cela trois ans... madame la baronne me dit: « Nous aurons de la
peine à les remplacer... » Mais vrai, la Lignac,
ce n'est pas pour vous faire un compliment,
nous avons gagné au change... et surtout depuis le départ de M. le baron pour l'armée de la
guerre en Alger, et depuis la mort de ma maîtresse, tout roule sur moi... car enfin, et malgré mes soixante-dix-neuf ans bien sonnés à la
Saint-Jean... car je suis née en 1750... Catherine... ce n'est pas d'hier... malgré cet âge
avancé, j'en fais encore plus que je ne peux...
j'ai quatre enfants sur les bras... les deux enfants de M. le baron et les deux enfants du mys-

tère... A laver, à habiller, à débarbouiller...
faire leur chambre, leurs lits..., raccommoder
leur linge, faire leur dîner... le mien... les
éduquer enfin, et je peux me flatter que leur
éducation est faite et parfaite, et qu'à deux
lieues à la ronde... depuis Lormond jusqu'à
Montferrand en passant par Bassens, on trouvera peu d'enfants aussi bien élevés que ceux-
ci...ce n'est pas pour me vanter... Mais encore,
bien que je fasse énormément d'ouvrage, je ne
pouvais pas en sus travailler à la vigne... couper le sarment, placer les échalas... Et le jardin?... le ratisser... ôter les mauvaises herbes... planter les légumes... Non ... je serais
morte à la peine... et si j'étais morte... que seraient devenus ces astres d'enfants, je vous le
demande?... Je ne sais ce que dira M. le baron
à son retour, mais je pense qu'il sera content
de nous trois : la vigne est en plein rapport, et
n'a pas gelé cette année... il n'y a pas une
mauvaise herbe aux jardins, les enfants sont
bien portants, la figure propre, les mains aussi,

et jamais un trou ni à leurs bas, ni à leurs *paillots*... Depuis trois ans qu'il est parti, c'était un lundi de l'année 1827... mauvais jour, le lundi... il trouvera du changement... en bien s'entend... et ce n'est pas pour me faire valoir... je ne suis pas *vanteuse*, vous le savez, la Catherine, mais c'est à moi qu'il devra tout ça, à mon expérience, à ma sagesse, à ma vaillance, à ma propreté, à mon soin, à mon ordre, à ma prudence, surtout à ma prudence. Voici votre homme, Catherine, faites-lui un peu de place au foyer... ça ne lui fera pas de mal.

— Ne bouge pas, not' femme, répondit Lignac, entrant en portant ses filets sur ses épaules, je n'ai pas froid, et je vais me mettre contre la fenêtre pour y voir un brin plus clair, afin de remmailler ce diable de filet qui laisse aller tout le petit poisson à la pêche.

—M. le curé vous a défendu de jurer, Lignac... fit observer Janon.

— Il vous a bien défendu aussi de parler

revenants, la Janon, et vous en parlez tout de
même, répondit Lignac en souriant.

— Taisez-vous donc, Lignac, que ça n'a pas
de bon sens de dire des choses pareilles, et qu'il
faut que monsieur le curé, le bon Dieu lui pardonne, ne croie à rien, pour ne pas croire aux
revenants... Dire qu'il n'y en a pas... dans
un vieux château comme le *Castel du Diable*...
bâti depuis des siècles... où il est mort... je ne
sais combien de personnes ! Qu'est-ce qu'elles
deviendraient, ces personnes, si elles ne reve-
naient pas un peu, les pauvres âmes ?... Pas de
revenants !... c'est comme si l'on disait qu'il n'y
a pas de sorciers... ni de sorcières... ni de fées,
ni de bons ni de mauvais génies... Voyez-vous,
Lignac, il faut croire à tout dans ce monde... et
quand vous voyez devant vos yeux que, sur les
quatre tourelles de ce château, il y en a une
qu'on n'a jamais pu achever de bâtir... il faut
croire aux revenants... ou à rien.

— Dans le fait, c'est vrai, la Janon, dit
Catherine jetant un regard à travers la croisée

sur cette quatrième tourelle en ruine, c'est vrai qu'elle n'est pas achevée de bâtir... tout de même.

— Et qu'on n'a jamais pu l'achever... et qu'on ne l'achèvera jamais... dit Janon ; que chaque jour les maçons qu'on faisait venir de Bordeaux tout exprès la bâtissaient, et que tous les matins ils la trouvaient démolie, sans qu'on ait jamais su pourquoi... ni par qui...

— Vous avez vu ça, la Janon? demanda Lignac ouvrant de grands yeux.

— C'était avant... bien avant ma naissance, Lignac, répondit Janon; le château appartenait alors aux de Barsac... Vous n'avez pas connu les de Barsac... vous autres?...

— Non, Janon, ni Lignac non plus, répondit Catherine; nous sommes de Libourne, la ville de M. le curé Raymond, et lorsque nous sommes arrivés au castel, il y a trois ans, c'était la première fois que not' homme et moi venions au pays... mais vous les avez connus, vous, la Janon?...

— Pas plus que vous, Catherine, dit Janon, je ne suis pas non plus du pays; je suis du grand Montferrand, tout près de Peyronnet, l'ancien ministre de Charles X, et des Gradis, et des Brannes.

— Ma bonne, je t'en prie, l'histoire du Castel du Diable... dirent à la fois les quatre enfants, que cette conversation n'avait pas l'air d'intéresser beaucoup.

— Si on allumait les chandelles, fit observer Mathilde.

— Est-ce que le feu n'éclaire pas assez? répondit Janon; cette petite est prodigue comme tout. A l'entendre, on dirait toujours que son père a des milliasses de milliasses... Le premier économisé est le premier gagné... petite, entends-tu?

Mathilde n'ayant rien répondu, Janon commença ainsi :

———

CHAPITRE II

Où il n'est pas encore parlé du Diable.

—Je reprendrai, mes enfants, l'histoire d'un peu haut, dit Janon sans cesser de filer, et ne s'interrompant que pour mouiller son fil ou le raccommoder lorsqu'il se cassait. Je suis née en 1750, au grand Montferrand, comme je vous l'ai dit, tout près de Peyronnet; mes parents étaient pauvres, mais honnêtes. J'avais dix-neuf ans quand j'épousai Piérille, batelier de la famille Pichard de Bassens; je n'en ai eu qu'un enfant, qui est mort un an après sa naissance; mais je ne m'en plains pas, car ce fut pour consoler Piérille qui pleurait qu'on me prit au châ-

teau Pichard, où je nourris de mon lait le petit
Pichard, que nous appelions Pichardot, et qui,
après être devenu pauvre, pauvre comme tout,
devint un peu plus brave, puis général de l'armée de la guerre, sous l'autre... que monsieur
appelle le grand Napoléon... je n'ai jamais su
pourquoi... à cause de sa taille peut-être... Du
reste, ce fut ce grand Napoléon qui créa mon
nourrisson baron de l'Empire, comme on disait alors. Pour en finir sur tout ce qui lui est
arrivé jusqu'à ce jour, la Catherine, je vous
dirai en deux mots que Pichardot, créé baron
de l'Empire en 1812, épousa en 1815 une demoiselle noble de Bordeaux, Sophie d'Albertas,
de laquelle il eut tout de suite un fils qui ne
vécut pas ; puis en 1820, Ernest, qui a eu dix
ans à la Toussaint ; puis en 1822, Mathilde...
puis en 1825... voilà où lui arriva la fameuse
aventure des enfants du mystère... mais je vous
la conterai un autre jour... Pour le quart
d'heure, je reviens à Pichardot, aujourd'hui le
général Pichard, not' maître. Son père et sa

mère étaient des commerçants qui perdirent leur fortune ; ils vendirent leur propriété, ils payèrent tout ce qu'ils devaient... Moi, ils me devaient les mois de nourrice du petit qu'ils ne me payèrent pas précisément, mais ils laissèrent l'enfant pour m'indemniser... puis ils moururent... et je dis à mon homme qui vivait encore : « Piérille, monsieur et madame Pichard sont morts, ils n'ont laissé pour héritage qu'un enfant ; c'est un héritage que les héritiers ne réclameront pas, il faut le garder... l'élever... et en faire un bon batelier comme toi. » Mon homme me répondit : « Fais comme tu l'entendras, ma femme, mais quant à ce qui est du petit, je l'aime comme si c'était, ni plus ni moins, mon propre enfant... » Quelque temps après, voilà que mon homme tombe malade et qu'il meurt... et je ne sais quel gribouillage le médecin qui avait soigné mon mari chanta aux de Barsac du Castel du Diable, mais un beau matin, un mardi... je n'ai jamais beaucoup aimé les mardis non plus... je vis arriver chez

moi la comtesse, — car quand je vous ai dit
que je ne connaissais pas les de Barsac, je voulais parler des vieux, ceux qui sont morts il y a
cinq cents ans ; — je reviens à la comtesse,
une belle femme, ma foi, avec une belle robe
de satin changeant, que ça reluisait au soleil
comme un ver luisant. « Ma bonne femme, me
dit-elle avec une voix douce comme tout... j'ai
entendu parler de vous par M. Mayaudon —
M. Mayaudon, c'était le médecin des riches
comme des pauvres, un habile homme, quoi, —
et si vous voulez me suivre au Castel du Diable,
qu'elle ajouta, je prendrai soin de vous, et j'é-
lèverai comme mon fils Hector le petit Pichard
que vous avez à votre charge... » Moi qui avais
entendu parler du Castel du Diable, qui l'avais
vu maintes et maintes fois, en allant porter la
paneyrade (1) à Bordeaux, chez les Pichard,
dans le bateau de mon mari, je dis : « Nenni...
nenni da, Madame ; j'ai toujours vécu tranquille

---

(1) Redevance de fruits et de fleurs que les paysans des
environs de Bordeaux portent à leurs maîtres.

et sans aucun commerce avec les morts, je vivrai de même... » Hélas ! je ne savais pas qu'un jour j'y viendrais dans ce château... Mais aussi comment prévoir qu'un enfant qu'on a nourri de son lait, qui n'était pas plus haut que ma jambe, deviendrait grand un jour, qu'il aurait des enfants, et qu'on aurait envie d'élever ces enfants et de tout braver pour ça... qui pouvait prévoir ça?... Donc. pour en revenir, je refusai... mais le curé de chez nous, qui entrait en ce moment-là, me dit: « Janon, vous avez le droit de refuser pour vous le bien-être que madame la comtesse vous offre, mais vous n'avez pas le droit de condamner à l'ignorance et à la misère un enfant qui ne vous appartient pas, et dont madame la comtesse veut faire le bonheur. » Je n'oublierai jamais ces paroles-là; je pleurai beaucoup, et mon nourrisson fut arraché de mes bras... je ne le revis plus qu'en 1783, il partait avec le comte Hector pour l'école de Brienne ; il était grandi alors, mais pas trop... je le reconnus au premier abord; mais

quand je le revis la seconde fois, je ne le reconnus plus du tout... c'était en 1815; il venait de
se marier avec une demoiselle de Bordeaux,
mademoiselle Sophie d'Albertas. Mon Dieu!
qu'il avait grandi, bruni, vieilli, maigri!... et
puis des moustaches... moi qui lui avais vu le
menton si doux, si lisse, comme celui de Mathilde, quoi! Il cherchait une campagne pour y établir sa femme, dont la mauvaise santé demandait l'air des champs. Ils restèrent quelque temps
chez moi, dans ma petite chaumière... et là,
nous apprîmes une nouvelle qui nous étonna
bien, allez... La famille de Barsac était ruinée
et cherchait à vendre le Castel du Diable, pour
passer en pays étranger. Personne, comme vous
le pensez bien, ne voulait acheter un château
hanté... et où la nuit les diables débâtissaient
ce que le jour les hommes bâtissaient. Eh bien!
monsieur le baron l'acheta; il en donna un bon
prix, et, pour prouver au pays qu'il n'y avait
pas de revenants, il vint s'y établir avec sa femme et moi... mes enfants, car je m'étais tant

attachée à madame la baronne et à un petit enfant qu'elle avait alors et qui est mort, que je ne voulus plus la quitter... Bonne sainte Vierge! tout ce qui se passait la nuit dans ce château, les premiers temps de notre arrivée... le peu de cheveux que j'ai sur la tête se dressent d'horreur à cette pensée!... Seulement l'aspect de ce château, la manière dont il est situé... venez... voyez.

Et comme pour donner plus de poids à ses paroles, Janon se leva, alla contre une grande fenêtre qui donnait sur un balcon en saillie, l'ouvrit, et s'avançant un peu elle dit aux enfants, à Lignac et à sa femme :

— Voyez... il ne fait pas bien jour, mais il fait encore assez clair pour distinguer les objets... voyez... cette rivière en face de nous, que vous apercevez, à travers la grille du bord de l'eau... cette rivière n'a-t-elle pas l'air bien terrible... dites?... puis cette cour qui forme un carré parfait... comme c'est triste!... puis, en suivant toujours la grille, à votre main droite, vous trouvez la tour de l'ouest, avec son dôme pointu, ses crevasses partout, et ses vitres manquant à presque toutes les croisées... Dieu ! quand je pense à ce que la pauvre Fanchonnette, la femme à Jean Blanc, vit à travers la croisée de la galerie qui joint cette tour de l'ouest à l'aile qui est à votre main droite, la veille de l'arrivée des enfants mystérieux... Mais je vous le dirai plus tard... C'était l'aile habitée par feu ma chère maîtresse, que devant Dieu soit son âme... Revenons au château... A gauche, mes enfants, c'est l'aile que le diable a toujours empêché de bâtir ; je vous conterai ça tout à l'heure ; puis encore une galerie abandonnée ; il n'y a donc que la tourelle de gauche, cette galerie où nous sommes, et l'aile droite de feu la baronne d'habitables.

— Encore tu ne veux jamais nous y mener, dans l'aile droite ! fit observer Ernest.

—Le bon Dieu m'en préserve, mes enfants ! j'aurais trop peur de m'y trouver en présence de l'âme de ma chère maîtresse... Bonne mère du bon Dieu !

Janon, se signant en prononçant ces mots, revint dans l'intérieur de l'appartement, suivie de tout son monde. Après que chacun eut repris sa place, elle continua:

—Donc, le premier soir de notre arrivée ici, je m'en souviens, c'était le 15 octobre, un mercredi... il n'arrive jamais rien de bon un mercredi... c'est sûr... encore un mauvais jour que le mercredi... il faisait un froid de loup... aucune des chambres n'avait été chauffée depuis longtemps, à ce qu'il paraissait, et l'humidité était extrême... M. le général fit allumer de grands feux dans toutes les pièces ; puis on fit la distribution des appartements... Il prit avec madame la baronne l'aile droite, et nous donna l'aile gauche, celle-ci... qui touche à la tourelle du Diable... Nous y étions arrivés le matin; au déjeuner, au dîner, au souper, c'est bien, et on se retire chacun chez soi... voilà le hic... La maison était autrement montée qu'aujourd'hui, mes enfants... Il y avait une cuisinière, Pétronille, je la vois encore, avec son grand nez pointu; puis le domestique du baron, un petit gros, joufflu, nommé Jaquinet... puis son soldat Pontet... en tout quatre, qui couchions dans l'aile gauche. Ma chambre touchait à celle de Pétronille... Pontet et Jaquinet étaient au bout de la galerie. Voilà qu'à peine retirée dans ma chambre... j'entends... *toc... toc...* « Pétronille, est-ce vous qui frappez? que je crie à la cuisinière. — Non, me répond celle-ci. — Est-ce que vous n'entendez rien? que j'ajoutai. — J'entends *toc... toc...* me répondit cette fille, et je croyais que c'était vous qui cassiez du sucre... — Je ne casse rien, que je lui dis... Mais c'est bien singulier... »

A ces paroles de Janon, un frisson avait parcouru tous les assistants, qui s'étaient tous rapprochés les uns des autres : les quatre enfants étaient pâles comme des morts... Tout aussi pâle qu'eux, et tout aussi impressionnée, la vieille femme, qui s'était arrêtée pour faire un nœud à son fil qui s'était cassé, ouvrit la bouche pour reprendre son récit.

—Un moment, Janon, lui dit Catherine, laissez mon homme allumer une chandelle... Votre conte me rend quasi toute froide...

—Moi je n'ai pas peur... mais ça me fait un drôle d'effet tout de même, dit Lignac en prenant sur la cheminée un flambeau de cuivre garni d'une chandelle, et allumant cette chandelle à la flamme du foyer...

—Moi, j'aime mieux qu'on y voie, dit Mathilde le gosier serré...

—Et moi aussi... dirent les trois autres enfants à la fois

CHAPITRE III

— Y sommes-nous? dit Janon promenant un regard sur tous les visages qui l'entouraient.

Personne n'ayant répondu, elle reprit :

— Nous restâmes un moment sans parler, Pétronille et moi, et le même *toc, toc,* se renouvelant plus fort et plus clair que la première fois, je lui dis : « Il faudrait appeler Pontet ou Jaquinet. — Ça va, » me dit-elle. Nous appelâmes Pontet et Jaquinet ; ils n'étaient pas encore déshabillés ; ils vinrent. Nous leur contâmes de quoi il était question... Ils écoutèrent, et comme nous ils entendirent : *toc, toc.* « C'est singulier, dit Pontet, qui était un soldat et qui par conséquent n'avait pas peur. — C'est singulier, dit aussi Jaquinet, qui n'avait pas l'air d'avoir peur non plus.

— Qu'est-ce que ça peut être ? » que je leur demandai... Après un moment de silence Pontet dit : « C'est la marée montante et la rivière, qui bat les pierres de la tourelle. — Si c'était la rivière, je lui dis, et que ce fût ce que vous dites, ça ferait *floc, floc,* un bruit gras. Je m'y connais, peut-être ; je suis née et j'ai vécu à ce bruit-là... mais non pas *toc, toc,* un bruit sec. C'est la première fois de ma vie que j'entends celui-ci. — Ça doit être la rivière, » répéta Pontet ; mais je vis bien le signe qu'il fit à Jaquinet, et qui voulait dire : « Il faut les tromper, ces pauvres femmes. » Heureusement que Pétronille ni moi n'étions faciles à tromper, ce qui fit que nous passâmes la nuit dans les plus belles transes qu'il soit possible d'avoir. Le lendemain, nous en parlâmes au général, nous en parlâmes à tout le pays, et si bien, et tant, et d'une manière si effrayante, que pas un homme de Lormond ni de la côte n'eût voulu passer la nuit au château.

— Que dit mon père?... interrompit Ernest voyant Janon s'écarter de son sujet.

— Ton père se mit à rire; il nous appela vieilles folles, Pétronille et moi; il voulut nous persuader que nous avions rêvé... Cependant, et à preuve qu'il ne nous croyait pas si folles qu'il voulait bien nous le faire croire, c'est qu'il nous ordonna de l'envoyer éveiller si le bruit se renouvelait.

— Le bruit se renouvela-t-il? demanda Mathilde, son visage charmant tout contracté par la peur.

— Il n'eut garde d'y manquer, ma petite; au coup de onze heures, je venais d'éteindre ma lumière... crac... le *toc. toc*, recommence, et cette fois il s'y joignit un bruit infernal... C'était comme une roue en fer qui tournait en traînant des chaînes après elle; puis de temps en temps la roue s'arrêtait, et alors, *toc, toc,* un petit son argentin qui me fit recommander mon âme à Dieu... « C'est ma dernière nuit, me disais-je, je ne verrai pas le soleil de demain... » Enfin, je suis sûre que si on m'eût saignée à ce moment-là, on ne m'aurait pas tiré une goutte de sang... Je n'osais ni bouger, ni appeler, ni respirer... Tout-à-coup on frappe un coup à ma porte... « C'est le grand diable d'enfer, qui vient pour m'enlever ! » Et je me cramponnais au drap de mon lit, et je faisais des signes de croix, fallait voir... Enfin, je ne sais pas ce qui serait arrivé, si je n'eusse reconnu la voix de M. le baron. « Eh bien ! Janon, me disait-il à travers le trou de la serrure... et le bruit ? » Je me levai, et j'allai ouvrir ; j'étais tout habillée, car j'avais oublié de vous dire que, tellement sûre du bruit, je ne m'étais pas déshabillée pour me trouver plus tôt prête à fuir... J'ouvre donc... Il parait que j'étais bien pâle, car le général en eut pitié... « Pauvre femme ! » me dit-il ; mais je l'interrompis aussitôt en lui disant :« Ecoutez, Mon-

sieur... Il écouta... Le bruit était horrible ; pas
précisément éclatant... au contraire, sourd,
souterrain... profond, infernal. On voyait bien
qu'il venait de dessous terre, de l'enfer, enfin...
« Ah ! Monsieur, dis-je au général... les mal-
heureuses âmes du purgatoire traînent leur
chaîne ; si on savait leurs noms, on ferait dire
des messes pour elles... » Mais Monsieur me fit
taire à son tour, — non pour se moquer de
moi, le pauvre cher homme... son visage était
sérieux... sévère même ; il ne voulait pas avouer
qu'il avait peur... parce qu'un général de l'armée de la guerre, voyez-vous... ça n'est pas
comme une vieille femme, ça a son honneur à
conserver... mais je voyais bien qu'il n'était
pas trop rassuré tout de même... Il écouta, puis
il nous dit : « Demain, Janon et Pétronille,
vous vous arrangerez pour coucher dans l'aile
de la baronne ; d'abord vous serez plus à por-
tée de votre maîtresse si elle a besoin de
vous... quant au bruit, je sais ce que c'est,
c'est la marée montante qui bat le pied de la

tourelle. » Et il dit ça d'un ton qu'il n'y avait pas
à dire non ; puis il se retira d'un air soucieux.
Encore une nuit blanche pour Pétronille et pour
moi, mais nous nous consolions en pensant
que, le lendemain, nous dormirions. Le lendemain, le général fait venir des ouvriers de
Bordeaux, on commence à déblayer les pierres.
L'idée de M. le baron était de faire des fouilles
à cet endroit-là ; il ne s'en cacha pas, il le dit
au maire, il le dit au curé, le curé le dit
au prône le dimanche suivant ; il annonça
que tous ceux qui voudraient y travailler seraient
bien payés, et, de plus, pourraient s'assurer
par leurs yeux qu'il n'y avait aucune diablerie
là-dessous... Mais il eut beau faire toutes les
promesses du monde, il ne vint pas un paysan
des environs ; cela se réduisit aux ouvriers de
Bordeaux, qui se mirent à l'ouvrage et commen-
cèrent à déblayer le pied de la tourelle... Le
lendemain matin, quand ils revinrent... ah ! oui,
ma foi, c'était bien une autre affaire ; dans la
nuit, toutes les pierres étaient revenues à leur

place, toutes sans exception, les plus grosses comme les plus petites, celles qu'on avait mises le plus loin comme les plus rapprochées... elles étaient revenues d'elles-mêmes; je sue encore d'y penser... enfin... c'était à déserter le pays. Les ouvriers de Bordeaux, sans être découragés pour ça, se remettent à l'ouvrage, ils déblayent les pierres... La nuit arrive, chacun retourne chez soi... M. le général voulait veiller, mais Madame l'en empêche... Bref, le jour revient, les pierres avaient encore repris leur première place. « Pour le coup, c'est trop fort! se met à dire le baron, je ferai veiller cette nuit un des régiments qui sont sous mes ordres à Bordeaux, et si les diables viennent toucher à l'ouvrage fait... nous en délogerons quelques-uns... de ces diables... Pour lors, le petit Henri vint à tomber malade... Ma foi... on oublia les pierres... les revenants... les diables, et on ne pensa plus qu'à l'enfant... Il mourut, ce pauvre cher ange... et la douleur de sa perte... empêcha encore de songer à remettre sur pied

la maudite tourelle... Pas moins, le bruit de
cette aventure circula tellement dans le pays...
qu'avant, si on n'y passait pas la nuit, on y passait le jour... mais à cette époque, on ne voulait pas y passer en plein midi... « Il faut que
cela finisse ! » dit le baron, et il écrivit à Bordeaux pour qu'on lui envoyât un, deux ou trois,
je ne sais plus combien de régiments ; enfin,
ils étaient vingt hommes et un caporal qui vinrent ; mais une heure après, sans dire quoi
ni qu'est-ce, il renvoie les régiments à Bordeaux... Il n'y eut que Pontet, madame la baronne et moi qui avions su pourquoi... Voici.
Le matin même, un inconnu, qu'on ne connaissait pas, qu'on n'avait jamais vu dans le
pays, ou, pour mieux dire le diable en personne,
comme j'ouvrais la porte du vestibule, me remit une lettre pour le génréal, et s'échappa si
vite, que si j'osais, je parierais bien qu'il s'en-
fonça sous terre.

— Tu as vu le diable, ma bonne ?... inter-
ronpirent les enfants en se reculant.

— Comme je vous vois, mes enfants, dit Janon d'un ton solennel et sombre.

— Et est-il bien laid?... demandèrent-ils encore...

— Non... pas trop... des cheveux blonds, la peau blanche, et, à présent que je me rappelle ses traits, je pourrais même dire qu'il était très-joli garçon... mais ce personnage, m'a-t-on assuré, peut prendre toutes les figures qu'il veut; donc la figure n'y fait rien...

— Ça sentait-il le soufre?... demanda Lignac.

— Beaucoup, Lignac, énormément, que même je me rappelle que Pétronille me soutint que c'était un paquet d'allumettes qu'elle avait par mégarde laissé tomber au feu, qui sentait ainsi.

— Et la lettre ne vous brûla-t-elle pas la main?... demanda Catherine à son tour.

— Ça ou le paquet d'allumettes que je voulus retirer du feu; mais il est de fait que j'eus la main brûlée, dit Janon.

— C'était la lettre. sans nul doute, dit Li-

gnac... Je me suis laissé dire que tout ce que le
diable touchait brûlait.

— C'était aussi mon opinion, Lignac...
mais madame la baronne m'a tellement soutenu
que c'étaient les allumettes... que, voyez ma
simplicité, Lignac ! j'avais fini par le croire...
Enfin, ce n'est pas là la question... Savez-vous
ce que chantait cette lettre ?... Non... écoutez...
elle était adressée au général, et elle le tutoyait.
Il fallait être le diable pour oser tutoyer un général de l'armée de la guerre... elle disait:

« Si tu as autant d'honneur que de courage
et de courage que d'honneur, trouve-toi à minuit
dans la chambre ci-devant occupée par la vieille
Janon (il savait mon nom, autre preuve que c'é-
tait un diable); là tu connaîtras le mystère de la
tourelle ; viens seul!... armé ou non, comme tu
voudras... mais *seul*, je te le répète, autrement
tu ne sauras rien. »

— Et mon père y alla ? dit Mathilde.

— Cette bêtise ! dit Ernest, il dut y aller, c'est
sûr...

—Voyez-vous ce petit démon, dit Janon...
oh ! qu'il sera bien le fils de son père, celui-là,
il n'a peur de rien... Oui, ma fille, ajouta la
vieille bonne en s'adressant à Mathilde, malgré
nos larmes, les prières de ta mère et les ins-
tances de Pontet pour l'accompagner... A minuit
il prit ses armes, ses pistolets, une bougie allumée, et alla tout seul se renfermer dans la
chambre du *toc, toc*, comme je l'appelais alors.

— Ah ! mon Dieu, et on ne l'a plus revu ?
s'écria Mathilde comme malgré elle.

— Petite sotte ! lui dit son frère... puisque,
Dieu merci, il existe encore.

—C'est vrai, dit Mathilde riant d'un rire gêné ;
c'est vrai, je n'y pensais pas. Achève, ma bonne.

— Voilà Juliette qui dort sur mes genoux, répondit Janon, Auguste qui se tire les yeux tant
qu'il peut pour les tenir ouverts, Catherine qui a
besoin d'aller donner à souper à son mioche et à
son homme. Le reste sera pour demain, mes
enfants.

CHAPITRE IV

Plus noir que Diable.

Ce jour-là l'impatience des enfants était telle, qu'il était encore grand jour lorsque, réunis avec Lignac et sa femme, ils supplièrent Janon de continuer son histoire.

—Personne ne s'était couché au castel, dit Janon ; comme vous pouvez bien le croire, Madame était dans une inquiétude extrême. Pontet et Jaquinet, tous deux bien armés, faisant le guet dans la cour, au-dessous des croisées de la chambre où le général était, bien décidés tous les deux à enfreindre ses ordres au moindre cri... Mais tout se passa fort tranquillement...

Il était petit matin quand Monsieur reparut...
il gronda madame la baronne de ne pas s'être
couchée, il la força à se mettre au lit, puis il
me renvoya, ne pouvant, disait-il, raconter qu'à
Madame ce qui s'était passé...

— Comme ça, vous n'en avez rien su, ma
pauvre Janon? dit Catherine.

— Dame, que voulez-vous, Catherine, la
curiosité est une triste maladie, je m'en suis
bien confessée à M. le curé... Du reste, j'en
fus bien assez punie par ce que j'entendis, car,
ma pauvre fille, je fis ce que je n'avais jamais
fait, j'écoutai aux portes. Voilà ce que Mon
sieur dit à Madame...

Ici Janon prit sa voix encore plus gutturale.

« Il n'y avait pas cinq minutes que j'étais
dans la chambre lorsqu'on fit *toc*, *toc* au-dessous de moi. — Qui est là? dis-je. — Etes-vous
seul? me répondit-on. — Assurez-vous-en, répondis-je. — Comptez trois feuilles du parquet
en partant de la croisée, placez-vous sur la
troisième, et ne craignez rien, me dit-on. —

Je suis armé, répondis-je en faisant ce qu'on me disait. A peine fus-je placé, ajouta le baron, que je sentis la feuille du parquet ployer sous moi, puis s'enfoncer, s'enfoncer, s'enfoncer; j'arrivai ainsi aux entrailles de la terre. Quand ma voiture nocturne s'arrêta, je me trouvai au milieu d'une vingtaine d'hommes à peu près. (Il était bien poli d'appeler ça des hommes, mon pauvre maître, il aurait pu tout aussi bien dire des diables... mais il ne voulait pas épouvanter Madame; je compris ça.) Non loin de ces hommes (c'était toujours le général qui parlait), était une machine, dont les rouages mis en mouvement par l'un d'eux formaient le bruit étrange qui, le premier soir de notre arrivée ici, a tant effrayé Janon et Pétronille; un de ces hommes, le chef sans doute (il voulait dire Satan), vint à moi, et, souriant des précautions que j'avais prises, me dit: — Nous ne sommes ni des assassins ni des malfaiteurs, mais de pauvres diables (notez bien, mes enfants, qu'ils avouaient être des diables), mais de pauvres diables, dit ce chef, qui, pour nourrir nos familles, faisons ici une chose défendue par les lois : nous fabriquons du tabac (ils appelaient leur commerce infernal du tabac... bien honnêtes, en vérité); vous êtes le maître de notre secret, vous pouvez nous dénoncer et nous conduire tous à l'échafaud (le beau malheur, quand on couperait le cou au diable et à sa suite, n'est-ce pas, Catherine?) ce qui serait immanquablement arrivé, si nous eussions laissé creuser les fondations de votre quatrième tourelle. Nous vous demandons huit jours pour déloger et transporter ailleurs notre attirail et notre industrie. — Puis, comme je réfléchissais à ce que je voyais, ajouta le général, ces hommes crurent que j'hésitais, et reprirent: — Quelle que soit votre réponse, nous vous l'avons promis, vous sortirez d'ici sain et sauf... mais si demain, et nous avons des espions partout, si demain le moindre mot lâché indifféremment trahissait le secret de notre demeure, nous mettrions le feu au château, songez-y...

— Puisque ces pauvres diables (c'était toujours

le général qui parlait, et vous voyez que lui-même les reconnaissait pour des diables), puisque ces pauvres diables voulaient bien se retirer d'eux-mêmes, dit-il, mon intention n'était pas de leur faire de la peine... je leur dis... ils m'apprirent alors qu'ils étaient là depuis très-longtemps, la famille de Barsac n'habitant presque pas cette propriété ; puis ils me demandèrent encore le secret, que je promis, en t'exceptant toutefois, ma bonne amie (c'était toujours le baron qui parlait à la baronne). » A ce moment, je ne sais pas comment ça se fit, ma pauvre Catherine, mais une envie d'éternuer me prit tellement, que je ne pus me retenir, j'éternuai, et M. le baron, qui me découvrit alors derrière la porte, prit une figure comme jamais je ne lui en avais vu. « Crois-tu en Dieu, Janon ? me dit-il. — Et au diable aussi, répondis-je. — Eh bien ! songe que si, d'ici à un an, tu dis un mot de ce que tu viens d'entendre là, le diable te tordra le cou. — Ne lui parlez donc pas du diable à cette pauvre *Nannon*, » dit la ba-

ronne. C'était un petit nom d'amitié qu'elle me
donnait toujours, la pauvre chère femme. « Je
sais ce que je fais, dit le général. — Et moi ce
que j'ai à faire, » répondis-je plus morte que
vive. Depuis, Madame, la chère femme, a fait
tout ce qu'elle a pu pour me prouver que c'é-
taient effectivement des gens qui faisaient du
tabac... Mais à d'autres... on n'en fait pas ac-
croire à la vieille Janon... et la preuve... depuis
1815 que cette chose est arrivée et que ces soi-
disant hommes sont partis, M. le baron n'en a
pas moins laissé le pavillon en ruines. Il est vrai
qu'il est parti, revenu, reparti, revenu, qu'il n'a
guère eu le temps de faire bâtir... mais enfin,
il n'en est pas moins vrai qu'il n'a pas fait bâtir... Du reste, si le diable n'a plus fait de bruit,
il ne nous en a pas moins joué plusieurs tours,
l'histoire épouvantable de la queue du chat...
l'histoire mystérieuse de l'arrivée mystérieuse
des enfants mystérieux au château.

— Oh ! conte-nous donc comment on nous
a trouvés ! dit Juliette.

— Sous une feuille de chou, dans le jardin, m'a dit le général, riposta Auguste.

— Écoutez, dit solennellement Janon.

CHAPITRE V

Les enfants mystérieux.

— C'est que j'en sais des histoires, dit Janon, faisant tourner son fuseau et regardant de temps à autre à travers les vitres le jour qui baissait sensiblement ; dame ! quand on a vécu près de quatre-vingts ans, on en a vu... Vous ai-je jamais raconté l'histoire des orphelins de la vallée d'Argelès, ou les mystères du château de Pierre-Fite, ce château qui appartient à Madame, qui venait ici du vivant de Madame?... Je veux vous conter ça.

— Oh ! d'abord notre histoire, Nanon, dirent à la fois Juliette et son frère.

— C'est juste, dit Janon, écoutez donc... Il y a cinq ans... oui, cinq ans, en 1826... vous n'étiez pas encore au Castel du Diable, puisque vous n'y êtes entrés qu'en 1828... C'était la veille de la Noël, madame la baronne vivait encore, puisqu'elle n'est morte que l'année dernière, au jour des Rois... deux époques bien désastreuses... en vérité.

— Celle de la mort de ma pauvre mère ? oui, dit Mathilde avec un attendrissement douloureux... mais le jour qui nous a donné, à Ernest et à moi, un joli petit frère et une jolie petite sœur, n'est pas un jour si mauvais, nourrice.

— D'abord ce n'était pas un jour, c'était une nuit, dit solennellement la vieille paysanne, et ce n'est pas parce qu'il nous est venu ces deux amours d'enfants que j'appelle cette époque désastreuse... mais ce fut la première fois que madame la baronne tomba malade sérieusement. Elle ne s'en est jamais bien relevée... Ma chère maîtresse, je la vois encore, couchée dans la

chambre jaune, derrière la chambre de Monsieur... chambre sur laquelle il y aurait bien à
dire si je voulais parler... non à cause de sa
boiserie peinte en jaune, ni de ses grands rideaux de damas jaune, ni de ses fauteuils de la
même couleur, ni non plus de son oratoire tout
bleu, dont l'entrée, la seule entrée, se trouve
au pied du lit... mais... suffit... je ne dois
pas vous effrayer : M. le curé se fâcherait encore contre moi... et puis vous n'avez pas besoin de savoir cela... Je reviens à l'histoire des
enfants mystérieux. C'était donc la veille de la
Noël, comme je vous le disais ; un jeudi,.. encore un mauvais jour que le jeudi... il peut se
flatter, celui-là !.. Donc, Madame n'était pas
encore malade, mais elle ne se sentait pas bien
portante ; il faisait, ce jour-là, un temps affreux,
un vent que tous les volets dansaient sur leurs
gonds, une pluie battante, un temps enfin à ne
pas mettre un chien dehors, comme on dit. Madame n'avait pas bougé de sa chambre ; M. le
baron était allé à Bordeaux pour affaires et ne

devait revenir que le lendemain... Le matin de
ce jour, comme j'apportais le déjeuner à Madame, voilà qu'elle me dit : «Ma chère Nannon,
car elle m'appelait toujours ainsi, la chère dame!... elle était si bonne, si douce et si belle!
Mathilde lui ressemblera, mais elle n'a pas encore la voix aussi douce que celle de sa mère;
ma chère Nannon, me dit-elle, tu auras, sans
le vouloir, enfermé la chatte dans mon oratoire;
toute cette nuit j'ai entendu remuer de ce côté.
Vous savez bien Minette, mes enfants? C'est là
encore une fameuse histoire que celle qui lui est
arrivée à la queue... et dire que le général ne
veut pas croire qu'il y ait des sorciers !... Je vais
vous dire l'histoire épouvantable de la queue de
Minette.

— De grâce, Janon, l'histoire de ma pauvre
mère, dit Ernest.

— Il fait bien sombre, dit Janon, je vais chercher de la lumière, d'abord nous y verrons plus
clair, puis ça nous rassurera un peu.

— Moi, je vais avec vous, mais je ne reviendrai pas, dit Catherine : mon petit dort, et j'ai peur qu'il ne crie s'il se réveille et qu'il ne me trouve pas là.

— Attends, je vais avec toi, dit Lignac ; je sais aussi l'histoire, moi.

Janon ne fit qu'aller et venir ; elle revint seule et portait une chandelle allumée dans un bougeoir, qu'elle posa sur le guéridon, à côté d'elle ; puis, reprenant sa quenouille et son fuseau, elle continua :

« Pauvre Minette ! » que je répondis, et j'allai dans l'oratoire, j'appelai Minette, Minette, je cherchai partout, mais pas plus de Minette que dans mon œil. « Ce sera quelque rat, dis-je à ma maîtresse en revenant ; l'oratoire de Madame touche aux appartements abandonnés, et il n'y aurait rien d'extraordinaire qu'il eût des rats. — C'est possible, » me dit ma bonne maîtresse ; et de toute la journée il ne fut plus question de cela... Le soir, après que les enfants furent couchés, Madame me fit appeler. « Est-ce que le général n'est pas encore revenu de

Bordeaux? lui dis-je en entrant. — Non, me dit-elle, pourquoi cette question? — En-êtes vous bien certaine, Madame? » m'écriai-je. Et comme il paraît que je devins fort pâle, Madame répliqua : « J'en suis certaine, il ne doit revenir que demain matin ; mais encore une fois, pourquoi cette question? » Ne voulant pas effrayer Madame, dont les nerfs étaient très-sensibles, je lui répondis : « C'est cette sotte de Pétronille qui, en allant cueillir du cresson contre la haie, près de la tour de l'ouest, prétend qu'elle a aperçu une figure à travers les vitres de cette tour... et comme il n'y a qu'un général de l'armée de la guerre assez courageux pour aller dans cette tour, même en plein jour, j'ai cru que le général était arrivé. — Non, me dit Madame, mais sûrement Pétronille se sera trompée, et, comme tu le dis fort sagement, Nannon, personne, puisque mon mari n'est pas ici, ne peut aller dans cet endroit. — Pétronille soutient pourtant que si, répliquai-je ; elle a même dépeint la figure, une robe noire et des

3

cheveux blonds. » Madame se mit à rire. « Et c'est la robe noire et les cheveux blonds qui lui ont fait supposer que c'était le général ? me dit-elle ; mon mari, qui est brun, et qui, lorsqu'il est ici, porte toujours une robe de chambre en laine blanche. — Ce n'est pas elle qui a supposé cela, c'est moi, Madame, dis-je, bien au contraire, car Pétronille soutenait que c'était une femme, même une très-jeune femme. — Une femme en noir et en cheveux blonds n'est pas bien effrayante, me dit la baronne. — Oh ! c'est que ce n'est pas tout, Madame, répliquai-je alors, voyant que ma maîtresse n'avait pas peur, Jean Blanc soutient aussi que ce matin il y avait des pas empreints sur la boue dans l'allée des peupliers, qui conduit à cette tour... des pas faits par une personne qui doit avoir le pied aussi petit que le pied de Madame. — Ce dernier argument ne me paraît pas plus effrayant que le commencement, me dit la baronne · les petits pieds ne m'inquiètent pas plus que la robe noire et les cheveux blonds... mais je suis

horriblement fatiguée, et voudrais me coucher.
Je lui demandai si elle voulait sa femme de
chambre pour la déshabiller; elle me répondit
que non, et que je lui rendrais bien ce petit service... Je ne vous passe aucun détail, comme
vous le voyez, mes enfants, ajouta la nourrice,
en remarquant l'attention silencieuse et pleine
de terreur avec laquelle les enfants l'écoutaient;
car, voyez-vous, je vivrais cent ans, que je n'oublierais jamais cette horrible journée... Me voilà
donc déshabillant ma maîtresse; comme je la
délaçais, tout en causant, tout-à-coup elle dit:
« Chut! écoute..... » et je la vois incliner la
tête vers l'alcôve, auprès de laquelle, je vous
l'ai dit, était situé l'oratoire. « Est-ce que vous
entendez quelque chose? dis-je effrayée. — C'est
singulier, dit Madame, le même bruit que cette
nuit. — Madame, lui dis-je aussitôt en portant
la main au cordon de la sonnette, il faut appeler vos gens et faire une battue générale, comme
dit le garde champêtre, dans vos appartements.
— Tu es folle, Nannon, me dit-elle en arrêtant

mon bras, que veux-tu qui soit caché dans mon oratoire ? On ne peut y entrer que par ma chambre, et je n'ai pas quitté ma chambre d'aujour-'d'hui. — N'importe, Madame, il faut appeler, lui dis-je. Tout cela n'est pas naturel. » Et, comme j'entendis ouvrir la porte de la chambre du général et que je me doutais que ce ne pouvait être que Pontet, je criai : « Pontet, Pontet ! » Il vint. « C'est cette peureuse qui veut qu'il y ait quelqu'un de caché dans mon oratoire, lui dit la baronne. — N'importe, madame la baronne, répondit Pontet, la vue n'en coûte. rien ». Et il s'avança vers la portière en damas jaune qui cachait l'entrée de cette pièce. Ne tremble donc pas ainsi, Juliette, dit Janon à la petite Juliette, qui pâlissait à vue d'œil. J'avais bien plus peur que toi, va, dans ce moment-là. Madame prit un flambeau, j'en pris un autre, et nous suivîmes Pontet, qui souleva hardiment cette draperie... Le fuseau ayant échappé des mains de Janon, elle se baissa pour le ramasser et interrompit un moment son récit.

CHAPITRE VI

L'oratoire de feu la baronne.

Comme aucun des enfants n'osait seulement respirer, de peur de perdre une syllabe du récit de la nourrice, après avoir relevé son fuseau et recommencé à le faire tourner, elle reprit :

— Vous vous rappelez bien, mes enfants, l'oratoire de la baronne, cette petite rotonde sans porte ni fenêtre, et éclairée par une lucarne percée au plafond, la boiserie peinte en bleu, à panneaux, et, sur chaque panneau, des peintures représentant des saints et des saintes, puis pour tout meuble, un petit autel en marbre, et un grand Christ aussi en marbre, et une madone en bois dans une niche, puis un prie-Dieu et un tabouret. Voilà tout ; l'inspection fut vite faite : pas une draperie derrière laquelle on pût se cacher, pas une porte autre que l'ouverture pratiquée dans l'alcôve de Madame, et qui était dissimulée par un pan de tapisserie à personnages ; donc, il était bien assuré que personne ne s'y trouvait et que personne ne pouvait y venir... Eh bien ! mes enfants, vous allez voir ce qui arriva la nuit même de cette visite. Nous voilà revenues bien tranquilles, Madame et moi ; Pontet se retire, et j'achève de déshabiller ma maîtresse, qui se met au lit... Je prends mon fuseau, ma quenouille, et je m'établis à son chevet, et nous voilà, elle dormant, et moi filant... Je vous l'ai dit, le temps était épouvantable, la pluie tombait à torrents, et faisait un bruit infernal sur le balcon en pierre de la fenêtre de la chambre... De temps en temps, je me levais... je ranimais le feu, j'y mettais du bois... je renouvelais la bougie de mon flambeau en en prenant une au candélabre de la cheminée, et cela alla assez bien jusqu'au milieu de

la nuit... Madame dormait toujours, moi je fi-
lais toujours... lorsque... Juliette, veux-tu bien
ne pas ouvrir de grands yeux comme ça, dit la
nourrice en s'interrompant, en secouant la petite qui paraissait pâmée.

— Oh! Janon, n'achève pas... balbutia la
petite, n'achève pas... ça me fait peur.

— Eh! non, petite sotte, reprit la nourrice,
rassure-toi, ce ne sera rien; écoute, et tu vas
voir.

— C'est qu'il fait nuit, reprit Juliette en se
retenant de pleurer, et qu'au clair de la lune,
je vois d'ici le balcon de la chambre de la baronne.

— Est-ce qu'il y a quelqu'un? cria Janon.

Au cri de Janon, tous les enfants crièrent en
se cachant le visage dans leurs mains.

— Eh bien! mais... je ne vois personne...
dit Ernest, qui, le premier, hasarda un œil.

— En es-tu sûr? demanda Janon, la tête
sur le cou de Juliette, qui ne sachant ce que cela voulait dire, s'était mise à pleurer.

—Regarde plutôt, répondit celui-ci.

— C'est cette petite Juliette qui m'a fait peur, dit Janon cachant la honte de sa frayeur en grondant la petite.

— C'est toi qui as crié la première, Janon, dit Juliette.

— Parce que tu as dit que tu voyais quelqu'un sur le balcon de la pauvre baronne.

—Ça n'est pas vrai, dit Juliette ; j'ai dit seulement que je voyais le balcon.

— Allons... dit Mathilde riant de son mouvement de frayeur, achève ton histoire, Janon.

— Si nous demandions une chandelle, fît observer Ernest, celle-ci finira bientôt.

— C'est ça ; va dire à Lignac qu'il en apporte une autre, dit Mathilde.

— Vas-y toi-même, dit Ernest.

— Est-ce que tu as peur de traverser la galerie et de descendre l'escalier ? répliqua Mathilde.

— Un homme qui a peur ! dit Juliette, se moquant d'Ernest.

prévoir son idée, Madame avait sauté en bas de
son lit; elle avait soulevé la draperie de l'oratoire, et elle s'écriait : « Un berceau, Janon,
un berceau ! » Elle s'élança vers le berceau ; je
la suivis, et nous vîmes ces deux amours de
jumeaux, Auguste et Juliette, qui, à cette époque, venaient de naître, c'est-à-dire qu'ils pouvaient avoir un mois. Le premier moment fut
consacré aux soins qu'exigeaient ces deux
pauvres petites créatures, le second fut pour la
peur... « Qui a porté ces enfants là? par où
est-on entré?... Ça pourrait être aussi bien des
voleurs qui viendraient assassiner Madame... »
Enfin des commentaires à n'en plus finir. « Il n'es*
pas dit que ces enfants soient venus par l'oratoire, me fit observer Madame; on sera entré,
et on aura traversé ma chambre pendant mon
sommeil et le tien. — C'est bien facile à savoir,
dis-je; j'ai mis les verrous à toutes les portes
de votre chambre, nous allons voir s'ils y sont
encore. Je vais vérifier le fait... Pas un verrou
n'est ôté. On n'a pu entrer dans l'oratoire que

par l'oratoire même ; mais pas de portes, pas
d'issues ! » Et me voilà explorant chaque panneau, essayant de les faire jouer... Bast ! tous
étaient solidement assujétis. « Il n'y a pas de
doute, dis-je à Madame ; comme il n'y a que
les revenants qui passent par le trou des ser-
rures et à travers les pierres et les boiseries, ce
ne peut être qu'un revenant, qu'un ancien propriétaire de ces domaines, un émigré mort en
émigration, qui aura porté ces enfants là!... »
Madame haussa les épaules ; car les domesti-
ques ont beau dire, beau donner les meilleu-
res preuves possibles, les maîtres ne veulent
jamais croire aux revenants ; ils sont là-dessus
d'un entêtement qui n'a pas de nom. Pendant
que je faisais mes recherches et mes commentaires, M. le général arriva. On lui raconta tout ;
mais c'est un homme si extraordinaire que mon
nourrisson ! il ne fronça seulement pas le sour-
cil, il n'eut l'air de rien ; il m'ordonna seulement d'emporter les enfants, et resta seul longtemps avec Madame... Puis le lendemain, à

l'heure de la messe, et quand tous les domes-
tiques du château furent rassemblés, il nous dit
que ces enfants étaient ceux d'un ami mort ;
qu'il se chargeait d'eux, non point comme protecteur, mais comme tuteur ; que, du reste, leur
venue n'avait rien de surnaturel ; que c'était
lui qui les avait apportés de Bordeaux et les
avait mis dans l'oratoire de la baronne, pour
lui causer une surprise à son réveil. « Par où
avez-vous donc passé? ne pus-je m'empêcher
de lui dire.

— A coup sûr, ce n'est point par la fenê-
tre, » me répondit-il, et je ne pus jamais tirer d'autre réponse de lui...

— Mais c'est peut-être vrai, Nannon, dit Juliette ; le général a peut-être connu mon papa,
puisqu'il le dit.

— Je sais ce que je dis, petite : vous êtes,
vous et votre frère, les *enfants du mystère*. Personne ne me sortira cela de la tête ; et, si je
vous aime tant, si je vous soigne et ne vous perds
pas de vue un instant, que les enfants du géné-

ral en sont jaloux, c'est que je parie qu'un beau jour vous disparaîtrez comme vous êtes venus, sans savoir ni comment ni pourquoi.

— Et où irons-nous? demandèrent à la fois Auguste et Juliette.

— Est-ce que je sais ! répondit la nourrice ; et la seule grâce que je demande au bon Dieu, c'est de ne pas être témoin d'une pareille aventure... surtout de ne pas voir le fantôme épouvantable.

Un cri perçant, poussé par toutes les voix comme par une seule, interrompit Janon, qui s mit aussi à crier sans savoir pourquoi.

CHAPITRE VII

L'histoire épouvantable de la queue du chat.

— Eh bien, quoi ! c'est moi qui vous apporte du vin doux et des châtaignes bouillies pour votre souper, dit Catherine.

— Ça vaudra mieux que les contes de ma bonne, dit Ernest.

— Oui, nous avons assez de contes pour aujourd'hui, répliqua Juliette.

Et le vin doux et les marrons ayant fait taire la curiosité des autres enfants, on ne pensa qu'à boire, qu'à manger, puis on fut se coucher. Mais le lendemain, après le dîner, qui se faisait comme chez les paysans, à midi, les enfants recommencèrent à tourmenter leur bonne pour savoir l'histoire épouvantable de la queue du chat.

— Quand Lignac sera arrivé, dit Janon.

— Il va venir avec du bois, répliqua Catherine; commencez toujours sans lui.

Janon commença ainsi :

— C'était un soir d'hiver... du même hiver où Madame tomba malade et dans lequel les enfants furent trouvés dans l'oratoire, quelque temps avant, au mois de novembre, je crois, et un vendredi... oh! quel mauvais jour que le vendredi! n'entreprenez jamais rien un vendredi, mes enfants... le vendredi, il ne peut rien arriver d'heureux... Je me souviendrai toute ma vie d'un bas que je commençai à tricoter un vendredi... non... c'est impossible de dire tout ce qui arriva à ce bas... il tomba... il tomba dans l'eau, il tomba dans le feu... Bref, le jour où je l'achevai, je criai au miracle, et j'avais bien raison... Mais je reviens à ma chatte ; cette chatte aujourd'hui si calme, si peu friande, était alors d'une gourmandise atroce... Impossible de garder une côtelette, un restant de volaille, un morceau de poisson surtout... tout disparaissait du garde-manger que c'était une bénédiction... Enfin l'audace de cette malheureuse bête en était venue jusqu'à prendre les choses sur le gril même, dans la poêle même ; il n'y avait que les pièces à la broche qu'elle ne désembrochait pas, mais cela aurait fini par là, sans aucun doute. De là, comme vous pensez, des scènes continuelles, car, bien que Madame fût la douceur même, ça ne l'empêchait pas de crier quelquefois. « Si vous faisiez attention à ce que vous avez sur le feu, disait-elle à Pétronille, le chat ne l'emporterait pas... Si nous étions à la ville encore, il n'y aurait que demi-mal, on irait au marché remplacer les mets enlevés... mais ici, dans cet endroit isolé, où il faut faire une lieue pour avoir une côtelette, il n'y a pas de bon sens d'être aussi étourdie... » Et Madame avait raison de gronder, plus cela faisait de peine à Pétronille : « Maudite chatte ! répétait-elle continuellement. je me vengerai de tes tours, va, sois tranquille ! »

Donc, un soir de novembre, un vendredi, je me le rappellerai toute ma vie, et le treize du mois encore, cette infernale bête avait mangé une alose... une belle alose, pêchée même devant la maison. Pour un jour maigre, c'était bisquant, avec ça que M. le curé dînait au château, et qu'il aimait les aloses à la passion... Que faire?... que faire?... « Nous avons une anguille, » que je lui dis... mais bast, l'anguille avait disparu... elle avait pris le même chemin que l'alose, le gosier de Minette. Il y avait de petits merlans... les petits merlans, disparus encore... Vous jugez la scène ! le général s'en mêla ; on dîna avec des pommes de terre, des choux, des carottes, des épinards, de la salade et deux plats de crème, encore Minette avait-elle fourré son museau dans un, mais ça n'y paraissait pas beaucoup ; personne ne s'en douta à table... Quelle affreuse journée ! quelle affreuse journée ! sainte mère du bon Dieu ! « C'est fini, me dit Pétronille pendant que les maîtres étaient encore au dessert, je ne puis plus vivre ainsi ! moi ou la chatte, il faut que l'une ou l'autre saute le pas, et, comme il ne sera pas dit qu'une maudite bête, qui n'a jamais reçu le baptême et qui n'est pas même susceptible de le recevoir, l'emporte sur une chrétienne... c'est elle qui y passera. » Nous tenons conseil sur le genre de mort à donner à la bête. « Faut lui couper le cou avec le grand coutelas, disait Lignac. Tu te rappelles cela, n'est-ce pas, Catherine? Faut la pendre au plancher, disait Pétronille. » Moi, j'étais d'avis de l'assommer avec le battoir de la blanchisseuse... Mais, quand il s'agissait de mettre son projet à exécution, chacun rechignait, se récusait... et, pendant ce colloque, la mauvaise bête faisait comme si elle n'entendait rien... qu'elle entendait, j'en suis sûre, j'en mettrais la main au feu... Accroupie devant le foyer, les yeux à moitié fermés, le dos rond, la queue entourant son ventre, on l'aurait prise pour une sainte-n'y-touche... et que pourtant le diable n'y perdait rien, comme vous allez le voir par la suite... « Morguenne, faut la noyer, » dit Lignac. C'était le plus facile à faire ; ça prévalut. Le jardinier va dans le jardin chercher une grosse pierre. Pétronille détache sa jarretière et la lui donne... Tu t'en souviens, Catherine, une jarretière de laine rouge? Moi j'appelle Minette ; la pauvre bête vient en faisant patte de velours, je la prends sur moi, et, pendant que je la caresse, Lignac lui attache adroitement la pierre à la queue ; puis il la prend sur ses bras, et le voilà parti, ce pauvre Lignac.

— Qu'est-ce qu'il a fait, ce pauvre Lignac? dit ce dernier entrant dans l'antichambre en portant une bourrée sur ses épaules.

— Je leur racontais l'histoire de la queue du chat, répondit Janon.

— Ah! une fameuse histoire, sur mon âme! fit Lignac en jetant sa bourrée dans un coin de la chambre.

— Lignac, dites-leur donc un peu ce qui vous

arriva dans la route, dit Jauon, car je ne l'ai jamais bien compris.

—Ça doit être curieux, dit Ernest d'un air goguenard.

— Non pas curieux, mais effrayant de surnaturel, monsieur Ernest, dit le paysan avec bonhomie.

— Eh bien! assieds-toi, mon brave, et dis-nous ça, dit Ernest.

— Sauf vot' respect, ce n'est pas de refus... répondit Lignac en arrangeant le bois du feu; je suis las en diable.

—Assieds-toi, puisque Ernest te le dit, reprit Mathilde.

— C'est donc pour vous obéir, Mademoiselle, dit Lignac s'asseyant sur le petit rebord de la chaise.

— Et maintenant commence, s'écrièrent tous les enfants à la fois.

CHAPITRE VIII

Suite de l'histoire de la queue enchantée.

Tenant à deux mains son chapeau, dont il tortillait les bords, Lignac prit la parole.

— Faut d'abord commencer par le commencement, et avouer à nos jeunes maîtres et maîtresses que, pour ne pas affliger madame la baronne en lui disant ce que nous avions fait de son chat, nous avions tous juré sur notre âme de n'en rien dire à personne, ni pour or, ni pour argent... Donc me voilà parti avec Minette sur les bras... Il faisait un temps mauvais comme tout, sombre, froid, le vent sifflait... que c'était une bénédiction... La pluie tombait... qu'on aurait dit le déluge universel, avec ça que le terrain était gras comme tout... on ne pouvait tant seulement se tenir debout, on glissait à chaque pas... enfin un temps où les sorciers vont au sabbat... quoi !... D'abord, je n'avais pas peur ; j'avais pris par les vignes, et je marchais hardiment ; tout-à-coup, voilà que je me dis : « Où vas-tu, mon homme, de ce pas-là ? Tu vas pour noyer un chat, et tu tournes le dos à la rivière : tu es bête comme tout... » Et je m'en retourne sur mes pas... J'arrive sur le bord de l'eau, l'eau était haute comme tout... Je me. fais encore cette réflexion : « Si je jette le chat à la marée haute, à la marée basse on verra la bête morte, on nous accusera... tout un chacun n'est pas doué d'une physionomie de menteur, on verra sur la mienne que c'est moi, je suis perdu ; vaut mieux aller du côté de l'estaye... peu d'eau, mais vingt pieds de vase ; la pierre aidant, le chat ira avant, je serai sauvé... » Je m'en vas donc du côté de l'estaye... mais voilà que Minette, la maudite, miaulait, miaulait

comme tout... que si j'avais eu tant seulement
pour deux liards d'imagination, j'aurais vu tout
de suite que ce n'était pas naturel... Plus j'ap-
prochais du but, plus les miaulements de Minette augmentaient, les griffes même commen-
çaient à entrer en danse ; pif! elle me griffait
le nez... paf! c'était le menton ; pouf! c'était
l'oreille ; il n'y avait pas jusquà mes pauvres
mains qui étaient en sang... Dame !... que
voulez-vous?... L'homme n'est pas de fer, le
paysan non plus, et je commençais à trembler
bel et bien... Cependant, poursuivant mon chemin, car enfin je ne voulais pas qu'il fût dit
qu'une bête l'eût emporté sur moi, j'arrivai devant l'estaye ; alors Minette, qui s'était tue un
moment... pour griffer plus à son aise... se
remit à miauler d'une façon qui, je vous assure,
n'était pas naturelle... Elle se débattait avec des
contorsions fort étranges ; des éclairs jaillissaient
de ses yeux gris ; tantôt elle avait l'air de prier,
l'instant d'après on aurait dit qu'elle menaçait ;
puis son cri devenait plaintif ; bref, la sorcière

qu'elle était, savait fort bien de quoi il retournait, si c'était de la pique ou du carreau. Il ne
s'agit pas ici de me faire passer pour plus
brave que je ne suis, arrêté debout sur le petit
pont qui traverse ce petit bras de rivière appelé
par le paysan *estaye*, je ne sais si c'est du bon
français; je frissonnais par tout mon corps, mes
dents claquaient, je serrais Minette à l'étouffer,
et toutefois, voyez ce que c'est que le sort, je ne
pouvais me résoudre à mettre fin à cette aventure. Il ne passait pas une voile sur l'eau, il ne
passait pas un chien sur la route; le vent soufflait de plus en plus; la pluie était si fine et si
froide, qu'elle nous pénétrait jusqu'à la moelle
des os; de ma vie, ni de mes jours, je n'avais
vu pareille nuit, et j'eus un instant l'idée de
m'en retourner avec Minette; mais, que vous
dirai-je? on est un homme et on a peur des
quolibets des femmes. « Pourquoi n'as-tu pas
jeté Minette à l'eau? — Qu'est-ce qui t'a pris?
— A quoi as-tu pensé? » Et patati, et patata;
bref, comme on dit, je pris mon courage à

deux mains, et Minette aussi ; je tourne la tête,
je ferme les yeux, car à coup sûr je savais bien
qu'il allait arriver quelque chose d'extraordinaire, et je lance ma bête de toute ma force
par dessus le garde-fou du pont, puis je prends
mes jambes à mon cou, comme dit c't autre, et
je me mets à fuir comme un beau diable... Dame !... je courais, fallait voir, et que tout de
même j'aurais donné bien des choses pour
me trouver rendu au coin du feu de la cuisine
du château, avec ma femme à mon côté et Pétronille par derrière moi, et Janon et Pontet en
face, comme de coutume... mais je n'étais
pas au bout de mes peines, comme je vais vous
l'apprendre, si, sauf vot' respect, Monsieur et
Mam'selle, vous voulez m'accorder encore un
petit brin d'attention.

La nuit était devenue encore plus noire, le
vent plus fort, la pluie plus fine et plus froide ;
la terre tremblait sous mes pieds. « Pour sûr,
pour sûr, je me disais, il va m'arriver quelque
chose d'affreux... » J'entendais dans l'air des

concerts épouvantables, et, bien que Minette
dût être morte à l'heure qu'il était, bien qu'elle
ne fût plus sur mon bras, je l'y sentais encore,
et je courais toujours à perdre haleine. Voilà
que tout-à-coup... oh! mon Dieu, la bonne
Vierge et tous les saints du paradis, ayez pitié
de moi! Je sue encore quand j'y pense, et mes
cheveux se dressent roides sur ma tête...
Imaginez-vous que j'entends distinctement...
oh! mais! oh! mais! il ne faut pas dire non...
j'entends distinctement, presque sur mes ta-
lons, la marche lourde et pesante d'une grosse
bête, dont les pieds faisaient *flic*, *flac*, dans
l'eau du chemin. « C'est Minette, que je me dis
aussitôt, » et je veux courir plus fort... impossible... mes jambes ployaient sous moi, mes
dents claquaient; malgré le froid, je suais à
grosses gouttes... et, chose inconcevable, je ne
reconnus plus mon chemin. Ce n'est plus Barsac, ce n'est plus la commune, ce ne sont plus
les bords de la Garonne, ni la Garonne non plus,
ni les peupliers qui bordent l'eau, c'est un pays

inconnu ; la rivière est quatre fois plus large, les arbres quatre fois plus hauts... puis comme tout tourne autour de moi, je ne sais comment ça se fait, je me mets à tourner avec, j'étais ensorcelé... Autre chose ! A force de tourner, tourneras-tu ?... de courir... as-tu assez couru ? je vois une lumière, je reconnais mon chemin ; je ne suis qu'à vingt pas du château ; j'avance hardiment. Autre chose ! une grande ombre brune s'élève tout-à-coup de terre devant moi ; elle grandit, elle grandit ; elle s'allonge, elle s'allonge ; ça n'avait pas de forme ; mais à une petite lanterne que le fantôme portait, on voyait bien qu'il était tout saignant... puis le *flic, flac* de la grosse bête qui barbote encore dans la boue. La bête marchait devant moi, et, ensorcelé que j'étais, je suivais par derrière. Mais voilà qui devient encore plus guignonant : ce scélérat de fantôme ne se met-il pas dans la tête de me barrer le chemin et de m'empêcher d'entrer au château ; il se boute en travers de la grille en fer par où il me fallait passer. « Oh !

mais, oh! mais, que je lui dis, ça ne se passera pas ainsi... Tu me suis, c'est bien ; tu me fais peur, c'est bien ; mais tu ne m'empêcheras pas d'entrer chez nous... Au secours, à l'aide, à l'assassin! » Je recommande mon âme à Dieu, je fais le signe de la croix, je ferme les yeux et je crie : « Hors d'ici, fantôme du diable, sorciers, sorcières et tout ce qui s'ensuit... Mon Dieu, qui êtes aux cieux, ayez pitié de moi, pauvre pécheur que je suis... » Un éclat de rire m'interrompt, mais un rire!... là!... qui n'était pas de ce monde... je recommence : « Éloigne-toi, démon tentateur ; Jésus, qui êtes à la droite de Dieu avec l'Agneau pascal à vos pieds. » Un autre éclat de rire encore plus de l'autre monde que le premier ; dans ce moment, j'avais pris dans ma poche un chapelet béni par M. le curé ; ça me donne le courage d'un lion : tournant comme ça, voyez-vous, monsieur Ernest, les grains de mon chapelet dans mes mains, je récite vite et à haute voix : « Notre Père, qui êtes dans les cieux, que votre nom soit sanctifié, que votre règne arrive, que votre volonté soit faite sur la terre comme dans le ciel ; donnez-nous aujourd'hui notre pain quotidien, et nous pardonnez nos offenses comme nous pardonnons à ceux qui nous ont offensés, et ne nous laissez pas succomber à la tentation, mais délivrez-nous du mal. Ainsi soit-il. » Puis, la tête basse, j'avance hardiment la main pour chercher le cordon de la sonnette et sonner... Jésus, bon Jésus, ma main touche quelque chose de doux, de moelleux... enfin, vous me croirez ou vous ne me croirez pas, ma jeune mam'selle, ma main touche la peau d'un chat, mais d'un chat grand comme père et mère, à preuve que ma main était élevée à la hauteur de ma tête, et que, par conséquent, le chat était plus grand que moi. « C'est Minette, que je m'écrie, » et aussitôt je sentis un coup au cœur, puis à la tête, puis, pendant un moment, je fus mort.

— Qu'est-ce que ça pouvait être, Lignac ? dit Juliette au jardinier, qui s'était tu pour écouter sonner l'horloge de l'église de Lormond.

dont le vent apportait des sons nets et lents.

— C'est neuf heures ; à demain, mes enfants.

Et se levant, Lignac prit ses filets sous le bras et s'éloigna, suivi de Catherine.

CHAPITRE IX

Suite et fin de la queue du chat.

Le lendemain soir, Lignac étant occupé ailleurs, et Catherine n'ayant pas voulu quitter son enfant qui dormait, les enfants n'eurent pas de cesse que Janon ne leur eût achevé l'histoire de la queue du chat.

— Quand Lignac fut parti avec le chat sur les bras, dit la nourrice, je me rappellerai que c'était un vendredi, 13 du mois, et je frissonnai d'horreur. « Prie pour l'âme de défunt ton mari, dis-je à Catherine, car pour sûr, à l'heure qu'il est, il est mort. » Catherine n'en voulait rien croire ; bref, une heure se passe, deux heures se

passent, Lignac ne revenait pas; la jardinière
commençait à être inquiète, lorsque voilà qu'on
sonne à la grille d'entrée. « C'est mon mari !
que fit Catherine, — Ou son âme, » que je lui
répondis, et pendant ce temps on sonnait toujours. « Est-ce que vous n'entendez pas sonner? » nous dit Pontet en entrant dans l'office;
puis, nous voyant pâles et blêmes, il nous offrit
d'aller ouvrir; il y alla; au cri qu'il poussa à ce
moment, nous accourûmes, Catherine et moi,
et nous vîmes d'abord deux vieilles voisines,
les demoiselles Trouillac, qui demeuraient au
château au bout de la vigne, près de l'estaye,
puis Lignac étendu roide mort par terre...
Quand je dis roide mort, je veux dire qu'il
n'était qu'évanoui; nous le transportons à la
cuisine, on le fait revenir à lui, et là il nous
raconte l'affreuse histoire que vous savez...
Bientôt il cessa de parler, un grand silence
s'ensuivit; aucun de nous n'osait bouger, n'o-
sait même regarder derrière soi, tant la peur de
voir le diable était forte ; on aurait entendu voler

une mouche. Tout-à-coup, voilà... Juliette, n'ouvre donc pas de grands yeux comme ça, tu m'ef-
frayes... Voilà qu'on entend au loin un gémis-
sement profond, c'était comme un miaulement
de chat; l'horreur redouble, et malgré nous,
nous tournons chacun la tête vers la porte de la
cuisine qui donnait sur le petit jardinet, on l'a-
vait ouverte. Les gémissements continuaient; ils
approchaient, et plus ils approchaient, plus ils
ressemblaient au miaulement d'un chat... ça y
ressemblait tellement, qu'on aurait juré que
c'en était un... Enfin bientôt un museau de
chat, quoi! puis deux yeux qu'on aurait dit
deux chandelles, puis deux oreilles, puis la tête,
puis le cou, puis deux pattes, puis quatre pattes, puis enfin Minette tout entière... Vous jugez de notre effroi. Mais, voyant tout ce monde,
car j'ai oublié de vous dire qu'au cri de Pontet, madame la comtesse et les deux demoiselles Trouillac étaient accourues... voyant tout
ce monde, la pauvre bête s'arrêta piteuse, elle
n'osait avancer, et semblait nous demander

grâce... Qu'elle savait bien ço qu'elle faisait,
la vilaine sorcière de bête! car nous autres qui
formions un peloton au milieu de la cuisine,
sans dire quoi ni qu'est-ce, nous séparons in-
volontairement en laissant, au milieu de nous,
un espace assez large pour qu'un régiment pût
passer. Alors Minette s'avança, non plus fière,
insolente, comme avant son départ, mais humble, triste, la tête basse, les oreilles basses, le
ventre rasant la terre, et laissant après elle une
longue traînée de sang. « Mon Dieu! s'écria
madame la baronne, qu'est-ce donc qui est
arrivé à Minette, et qui donc lui a coupé la
queue? » Nous nous sentions tous coupables, et
personne ne disait mot. « Qui donc a été assez
méchant pour couper la queue à cette pauvre
bête? reprit d'une voix aigre la plus vieille des
demoiselles Trouillac. — Vous, » répond Lignac, à notre plus grand étonnement, et, à
notre plus grand étonnement encore, nous vîmes la queue de Minette, bien changée à la vérité, car elle était vingt fois plus grande et

juatre fois plus grosse, sur les épaules de cette
'emoiselle, que même elle lui faisait trois fois
) tour du cou.

— Et que dit maman? demanda Mathilde.

— Votre maman?... dame!... comme à son
)rdinaire, elle voulut nous prouver, la chère
.emme, qu'il n'y avait pas de magie, que ce
que mademoiselle Trouillac portait autour de son
cou était une chose qu'elle appelait un boa. j'ai
bien retenu le nom. Elle a voulu encore nous
prouver que c'étaient ces demoiselles qui sui-
vaient Lignac, et que le *flic flac* était causé
par leurs sabots; que ce qu'il avait pris pour
du sang était leur manteau de laine rouge...
que c'était encore elles qu'il avait trouvées contre la grille de la cour; et que, lorsque lui, Lignac, avait levé la main pour tirer le cordon
de la sonnette, c'était la palatine en cygne blanc
de la plus jeune des demoiselles Trouillac
qui s'était trouvée sous sa main... Enfin... toutes bêtises, quoi! dont vous pensez bien que
nous n'avons pas cru un mot.

— Je ne jouerai plus jamais avec Minette, dit Juliette.

— Certes, ni moi non plus, ajouta Auguste.

— Quant à moi, je ne l'ai jamais aimée, cette vilaine bête! dit Mathilde.

— Est-ce que vous avez peur qu'elle vous mange, s'écria Ernest, d'un air important... Rassurez-vous, rassurez-vous, enfants, depuis que le monde est monde, ce n'a jamais été les petites bêtes qui ont mangé les grosses...

— Que tu es malhonnête, mon frère! dit Mathilde d'un air boudeur.

— Cet enfant ne croit à rien, dit Janon avec dépit.

— Je ne crois pas aux sorciers, répondit Ernest.

— Ni aux revenants? demanda Janon.

— Ni aux revenants, répondit Ernest.

— Ni aux fées?... demanda encore Janon.

— Quant aux fées... encore moins... dit Ernest en riant.

— Ecoutez, monsieur Ernest, ne dites pas de

ces impiétés-là, je vous en prie : il vous arrivera malheur... et, si je vous racontais seulement l'histoire des *Pilules du Diable*, arrivée au petit Hector de Barsac lui-même, ou toute autre histoire, je vous ferais voir, clair comme le jour, des fées, comme je vous vois...

— Ah ! si tu m'en fais voir !... dit Ernest, l'air goguenard.

— Et toucher, si vous voulez, car la malheureuse est morte, mais son tombeau est ici près au cimetière de Lormond... dit naïvement la vieille paysanne en montrant l'épaisseur de sa main.

— Tu m'en diras tant !... dit Ernest.

— Tout d'3 suite, si tu veux, dit Janon faisant mine de se lever.

— Oh ! pas tout de suite, se récria Juliette, dont la tête alourdie par le sommeil se penchait tantôt sur une épaule, tantôt sur l'autre demain... demain... dis, Janon.

— Oui, chère petite enfant du mystère, répondit Janon, à demain.

CHAPITRE X

Les gâteaux de Brin-d'Amour.

Une maladie de Janon empêcha pendant quelque temps de reparler de l'histoire promise, et dont le titre intriguait beaucoup les enfants... La convalescence de la vieille paysanne fut longue, l'hiver se passa, et le printemps étant venu, puis l'été et les promenades, les jeux dans la cour remplacèrent les veillées ; bref, enfants et vieilles gens, personne ne pensait plus aux *Pilules du Diable*, lorsqu'une circonstance, bien puérile en apparence, la remit en mémoire.

Le petit nombre de personnes qui ont habité Lormond, Bassens et Montferrand, ce charmant pays des environs de Bordeaux que baigne la Garonne, et ce petit nombre de personnes, tous mes parents ou mes amis, me liront et se rappelleront sans doute le pâtissier ambulant de la côte, un petit homme court, jovial, habillé de blanc, et dont le nom était aussi original que son rire niais, que ses propos empreints d'une bonhomie joyeuse, que la manière franche et posée de vous faire acheter des gâteaux ; on l'appelait *Brin-d'Amour*. Brin-d'Amour passait deux fois la semaine, et, chaque fois, c'était un privilége de Janon, et Janon tenait à tous ses priviléges, et chaque fois Janon choisissait elle-même ce qu'elle croyait le mieux à l'estomac de celui-ci ou de celle-là. Les deux plus grands enfants, Ernest et Mathilde, auraient pu seuls en appeler de cette décision, mais ils aimaient tant leur vieille bonne, que certes ni l'un ni l'autre n'auraient voulu lui faire du chagrin pour si peu.

Un jour, on était au mois d'août, la pureté et la fraîcheur de l'atmosphère ayant engagé Janon à aller faire quelques emplettes à Bordeaux, elle s'embarqua par la marée montante de six heures du matin, et promit aux enfants d'être de retour avec la première flotte de la marée descendante, ce qui remettait ce retour de midi à une heure.

Effectivement, elle sonnait à la grille du portail comme une heure frappait à l'horloge de l'église ; en entrant dans la cour et voyant chaque enfant accourir au devant d'elle, un gâteau à la main, elle s'écria :

— Tiens ! Brin-d'Amour est venu ?

— Non, lui répondit Ernest ; Brin-d'Amour s'est entré une épine dans le pied, ce qui l'a empêché de venir lui-même, mais il a envoyé un de ses camarades.

— Que vous connaissez ? demanda Janon.

— Que nous n'avons jamais vu, affirma naïvement Mathilde.

— Et vous avez acheté des gâteaux à un inconnu... comme cela... sans vous informer qui il était, d'où il venait, quelle était sa famille, ses parents, ses adhérents ? dit Janon tout d'une haleine et avec une grande volubilité.

— Dame! fit Ernest en riant, nous ne nous sommes informés que d'une chose, si ses gâteaux étaient bons, et ils le sont, je t'en réponds Janon.

— Imprudents!... imprudents!... trois fois imprudents!... reprit Janon, la voix aussi solennelle que le geste.

Puis, comme elle vit que les enfants, peu convaincus de leur imprudence, mordaient à belles dents dans leurs gâteaux, sans se moquer mais aussi sans avoir égard à ses paroles, elle ajouta, avec cet accent rechigné et plein de reproche d'un subalterne familier avec son supérieur :

— Je le vois, vous n'osez pas me dire que je radote, je vous ai trop bien élevés pour cela, mais vous le pensez, c'est tout comme... Oh! bonne Vierge! quand les enfants voudront-ils enfin écouter de plus vieux qu'eux, et parce qu'ils savent lire et écrire, ce que leur pauvre bonne ne sait pas, ne pas se croire plus savants qu'elle. Aussi, c'est ma faute... Si depuis le temps que je vous l'ai promis, je vous avais raconté l'histoire des *Pilules du Diable*... vous seriez un peu moins légers, un peu plus prudents... et vous n mangeriez pas de gâteaux qui viennent vous ne savez d'où, fabriqués avec vous ne savez quoi... et vendus par vous ne savez qui... Mais pas plus tard que tout-à-l'heure, vous allez l'apprendre, cette histoire... et puisse-t-elle vous servir d'exemple pour le reste de vos jours!...

En achevant ces mots, Janon alla poser ses paquets, ôter sa coiffe des dimanches, en mettre une plus simple, et, venant s'asseoir dans la cour sur un banc, avec tous les enfants autour d'elle, assis sur autant de pliants faits en fauteuils, elle prit la parole.

CHAPITRE XI

Les Pilules du Diable.

Janon commença ainsi :

— Sur le versant du coteau de Lormond, vous voyez encore, mes enfants, une petite cabane en chaume, qui maintenant tombe en ruines et sert aujourd'hui de refuge aux chasseurs de gibier quand il pleut. Il y a bien longtemps de cela, cette cabane était habitée par une vieille, vieille femme, si vieille, que personne dans le pays ne se souvenait de l'avoir vue naître ; on l'appelait tout haut la mère Margoton ; mais tout bas on se disait à l'oreille et sans se regarder que cette femme était fée, sorcière. bohémienne, à preuve qu'elle jetait des sorts sur les vaches, sur les veaux et sur les moutons, sans compter que parfois les chrétiens n'étaient pas à l'abri de ses sortiléges. Or, un jour, je ne sais plus à propos de quoi... ah! d'un vol, je me rappelle, que cette sorcière avait commis à l'église, ce qui prouvait bien son origine et qu'elle ne craignait ni Dieu ni diable, M. le baron de Barsac la fit enfermer huit jours; puis il donna ordre de la relâcher, en la menaçant toutefois, si elle recommençait, de la faire chasser du pays. C'était un peu avant l'époque où l'on vint me chercher mon nourrisson pour l'amener ici... Je tiens l'histoire des *Pilules du Diable* du petit Hector lui-même.

C'était par une matinée de printemps, au mois de juin, tous les Barsac, les voisins, les amis, s'embarquèrent pour descendre la rivière jusqu'à Pauillac et faire la conduite à un capitaine de navire de leur famille, qui partait pour l'Angleterre, ou la Russie, ça n'y fait rien, je n'ai pas bien retenu le nom du village que le

petit me nomma... Le petit Hector, qui était
un petit volontaire, voulait aller avec eux ; mais
sa mère, la belle comtesse de Barsac, qui avait
cette robe changeante dont je vous ai parlé, lui
mit une belle pièce de trente sous dans la main
en lui disant pour toute consolation : « Tu es
trop petit; » et elle le laissa là, ainsi que sa
compagnie. Voilà l'enfant pas du tout consolé,
qui pleure, qui pleure, fait voir! et tout en
pleurant, il retournait sa belle pièce neuve dans
ses mains, et il l'arrosait de ses larmes. Comme il était ainsi dans la cour... tenez... là-bas,
contre la grille du portail, pleurant et retournant
dans ses petites mains sa belle pièce neuve, la
vieille Margoton vint à passer : « Bonjour l'enfant, dit-elle au petit en s'arrêtant. — Bonjour,
la vieille, » lui répondit le petit en essuyant
ses yeux. Puis voici ce qu'ils se dirent : « *La
vieille*. Qu'avez-vous à pleurer, un joli enfant
comme vous? — *Le petit*. Qu'est-ce que ça
vous fait? — *La vieille*. Ça me fend le cœur.
— *Le petit*. Et à moi bien davantage. — *La*

vieille en faisant la voix la plus câline. Allons, contez-moi cela, petit amour chéri. — *Le
petit voulant s'éloigner.* Vous n'y pouvez rien,
laissez-moi donc tranquille. — *La vieille.* Qu'en
savez-vous, mon petit ami? Hélas! le pauvre
enfant se débattait sous le charme que la vieille
sorcière lui soufflait par ses yeux, par son nez
et par sa bouche. Enfin il répondit : « Pouvez-
faire que je sois tout d'un coup grand comme
papa? — *La vieille, réfléchissant avec une
joie féroce.* Peut-être, mon petit incrédule.
— *Le petit se rapprochant alors avec ins-
tance.* Oh! faites-le, la bonne vieille, faites-le ;
voilà d'où vient mon chagrin. — *La vieille,
lorgnant de son œil louche la pièce blanche
qui reluisait dans la main du petit Hector.*
Je le veux bien, mon enfant, mais rien pour
rien, que me donnerez-vous pour cela? — *Le
petit avec cet entraînement d'un enfant qui
ne connaît pas la valeur de l'argent.* Ma belle
pièce de trente sous. — *La vieille la dévorant
des yeux.* Toute? *Le petit.* Toute, tenez. pre-

nez! *La vieille avec un fausset désagréable.* Je
ne la prendrai que lorsque je l'aurai gagnée ;
attendez-moi là, je reviens. » La vieille s'éloigna aussi vite que ses vieilles petites jambes le
lui permettaient ; elle alla à sa cabane, s'y en-
ferma. Ce qu'elle y fit fut un secret pour la nature entière ; quand elle en sortit, elle tenait à
la main une petite boîte que les épiciers ven-
dent remplie de veilleuses moitié carton, moitié
bouchon... et elle reprit le chemin du château.
Le pauvre enfant l'attendait toujours au même
endroit, sa pièce blanche dans la main : et sa
bonne ne vint pas l'arracher au danger · à quoi
pensait-elle? Confiez donc vos enfants aux bonnes !... Enfin !... enfin !... de tout temps on leur
en a confié et on leur en confiera toujours. Je
reviens à mon histoire.

Or la vieille sorcière, en voyant sa victime
qui n'avait pas bougé de la place où elle l'avait
laissée, eut tant de plaisir, que ses petits yeux
gris en lançaient presque des éclairs. Elle s'approcha d'Hector, et après avoir bien regardé au-

tour d'elle pour voir si elle n'apercevait personne, s'étant bien assurée qu'elle était seule avec ce pauvre innocent, voilà le discours qu'elle lui tint : « Cette boîte, lui dit-elle en la lui ouvrant et la refermant aussi vite, est remplie de pilules, comme vous le voyez, mon enfant; ces pilules, fabriquées par un de mes aïeux, très-savant en médecine, ont un charme merveilleux. Écoutez bien ; mais d'abord jurez-moi que vous ne parlerez de cela à personne, et que si on trouve la boîte, vous ne direz jamais de qui vous la tenez, car vous mourriez soudain ; c'est encore un charme attaché à ces pilules ; jurez donc, mon ami. — Je ne jure jamais, Madame, répondit Hector avec un sentiment inexprimable; seulement, je vous donne ma parole d'honneur de ne parler de cela à personne. — Cela me suffit, dit la sorcière, qui en savait assez long pour juger le caractère noble et généreux de cet enfant. Écoutez donc! prenez cette boîte, et ne l'ouvrez qu'à la nuit close et lorsque vous serez seul; alors, après avoir regardé partout s'il n'y

5

a personne de caché, vous mettrez une table au milieu de votre chambre, vous approcherez un grand fauteuil, dans lequel vous vous assiérez; puis éclairé par une seule bougie, vous ouvrirez votre boîte, vous y trouverez trois pilules rondes et trois longues: les rondes se mangent, et les longues se brûlent. Vous en mettrez une ronde dans la bouche, et vous en allumerez une longue à la bougie, que vous éteindrez tout de suite après; puis, vous vous endormirez, et, quand vous vous réveillerez, vous aurez dix ans de plus. Si vous voulez en avoir tout de suite vingt de plus, vous mangerez deux pilules rondes, et vous en allumerez deux longues; pour trente de plus, vous mangerez les trois rondes, et vous allumerez les trois longues. Comprenez-vous?... Maintenant donnez votre pièce de trente sous, et voyons si elle est frappée de cette année; il le faut pour que le charme opère. — Et si elle était frappée de l'année dernière? dit Hector inquiet.

— Ce serait la même chose, » dit la vieille, en échangeant sa boîte contre l'argent d'Hector.

M. .or, rosté seul, n'eut plus qu'une idée. « J'ai huit ans ce matin, se disait-il, et, ce soir, j'aurai dix-huit ans, ou vingt-huit ans, ou trente-huit ans, suivant que je mangerai une, deux ou trois pilules rondes, et que j'allumerai une, deux ou trois pilules longues ; qu'est-ce qu'il vaut mieux avoir ! dix-huit ans ? vingt-huit ans ? ou trente-huit ans ?... » Cela l'occupa toute la journée et, quand la nuit fut venue, lui qui ne voulait jamais aller se coucher, à qui il fallait le dire vingt fois de suite, demanda le premier à aller se mettre au lit... La bonne, une nommée Janille, une petite brunette, assez gentillette, je la vois encore, la bonne, dis-je, ne demandait pas mieux : on était aux vendanges ; les ven- dangeurs devaient danser dans le cuvier, leur journée finie, et, sans se faire autrement prier par l'enfant, elle vous le monte, vous le désha- bille, vous le couche, lui allume la veilleuse, et lui recommande d'être bien sage, de ne pas avoir peur, de ne pas appeler, puis vous en- ferme à clef ce pauvre innocent dans sa chambre... Oh! les bonnes! les bonnes! les jeunes, s'entend... et court à la danse. Mais, dit Janon en s'interrompant... voilà bientôt l'heure du dîner; je vais mettre le couvert. A demain la fin.

— Pourquoi pas à ce soir? demanda Mathilde.

— On rentre le foin, il faut que je sois là... il faut que je sois à tout, moi... que je remplace ta mère... la pauvre chère femme qui est à côté du bon Dieu : elle était assez sainte pour ça, la sainte âme qu'elle était... que je remplace ton père, qui est à l'armée de la guerre, en *Algerre*. A demain donc la fin... moutards... comme di' ce coiffeur parisien, né natif de Paris, qui es venu vous tailler les cheveux l'autre jour.

CHAPITRE XII

Suite des Pilules du Diable.

— Donc, dit Janon, reprenant son récit, voilà mon petit bonhomme au lit, il écoute sa bonne fermer la porte, faire faire un double tour à la clef, retirer la clef ; il l'entend descendre quatre à quatre les marches de l'escalier, puis le silence le plus complet succéder à ce bruit. Alors il s'élance hors du lit. La tête préoccupée de ce que, dans un moment, il allait avoir dix-huit ou vingt-huit ans, ou trente-huit ans, il penchait assez pour ce dernier âge, qui allait le mettre au niveau de l'âge de son père, et par conséquent les faire aller de pair à compagnon tous deux, bras dessus, bras dessous; il commença par jeter de côté, avec un mépris profond, ses petits souliers, ses petits habits, et surtout ses joujoux épars çà et là dans la chambre; puis après avoir allumé une bougie à la veilleuse, il porta la table, une petite table en noyer, qui est dans ta chambre, Juliette; il porta cette petite table, dis-je, au milieu de la chambre, posa la bougie dessus, puis il approcha un énorme fauteuil dans lequel les enfants du mystère dorment côté à côte, comme dans l'image de Paul et Virginie; il s'y assit, et posa sa petite boîte devant lui.

Il m'a avoué, le pauvre innocent! que le cœur lui battait beaucoup en ouvrant cette boîte... Toutefois, toujours devant les yeux les trente-huit ans dont il allait gratifier sa jeunesse, il mit une pilule ronde dans sa bouche. Il lui trouva bien un goût amer assez désagréable; mais il n'en poursuivit pas moins son projet, et, allumant ses trois pilules longues à la bougie, qu'il éteignit ensuite ainsi que le lui avait recommandé

la vieille sorcière, il chercha une seconde pilule ronde pour la manger... Mais, avant qu'il
l'eût prise, un nuage se répandit sur ses yeux
et il sentit sa tête si lourde, que malgré lui il
fut forcé de s'appuyer sur le fauteuil ; puis il sentit un grand malaise... puis il ne sentit plus rien
du tout.

— Il était endormi, dit Ernest.

— Dites donc que le charme opérait, monsieur Ernest, comme la suite va vous le prouver. Écoutez avec attention, reprit Janon. Quand
il se réveilla, le lendemain, il faisait grand jour ;
un vieux valet de chambre, silencieux et morne,
entra dans sa chambre et lui prépara tout ce
qu'il lui fallait pour se lever : un pantalon à
pieds, une grande robe de chambre et des pantoufles ; il s'aperçut alors, à la longueur et à
l'ampleur des vêtements, que les pilules avaient
fait leur effet... Pendant que le valet de chambre préparait sa toilette, il le regardait avec attention ; il lui semblait connaître ce visage, et
cependant il n'avait jamais vu de domestique

aussi vieux... Il en était là de ses observations,
lorsque ce domestique, ayant achevé de tout
préparer, se posa devant son maître, et, avec la
familiarité d'un ancien serviteur, lui dit : « Je
conçois que Monsieur soit fatigué ; à son âge et
avec le ventre dont le ciel et les bons dîners ont
doué Monsieur, je conçois que trente lieues à
cheval pour aller chercher à Bayonne ce vin
d'Espagne que le docteur Martin a ordonné à
madame votre mère, et qu'on ne trouve réellement pur que chez M. Dautézac, dans cette ville...
je conçois que Monsieur soit très-fatigué. »
Hector était comme vous, mes enfants, dit Janon en s'interrompant, il ouvrait de grands yeux
en écoutant les paroles de ce vieux bonhomme.
D'abord cette phrase respectueuse adressée toujours à la troisième personne, et ce titre de
monsieur, lui flatta singulièrement le tympan ;
mais quand le domestique parla du ventre qu'il
avait, et que, se regardant, il aperçut effectivement une élévation extraordinaire à cette partie
du corps, puis qu'il regarda en même temps ses

bras, ses mains, sans trop y penser, presque malgré lui, il s'écria: « Combien ai-je donc avalé de pilules, bon Dieu? — Les pilules que le docteur Martin ordonne à Monsieur pour le faire maigrir? répéta le vieux serviteur d'un air tant soit peu goguenard; je crois, Dieu me pardonne, qu'elles font engraisser Monsieur plutôt que de le faire maigrir... Je n'ai jamais vu Monsieur si... si... Je l'ai dit déjà plusieurs fois à Monsieur, qui ne veut pas m'écouter, qui me traite de radoteur... parce que j'ai soixante-huit ans bien comptés... Oh! il ne faut pas hocher la tête, Monsieur, c'est vrai... tenez, vous rappelez-vous une certaine partie de campagne que vos parents firent quand vous n'aviez pas plus de huit ans, il me semble que c'était hier... Que le temps passe vite! mon Dieu! que le temps passe vite! Je cite ce fait-là parce que, ce jour, Monsieur pleura beaucoup, et que le soir à l'office vous me répétiez toujours: Laisse-moi tranquille, Joseph, . je ne veux plus être petit, ça m'ennuie... je veux être gros et grand comme M le curé...

Vous l'êtes maintenant, aussi gros et aussi grand, je dirai même un peu plus gros... Eh bien! Monsieur sait-il combien de temps il y a de cela?... trente ans, Monsieur, ni plus ni moins, et, quand on en a déjà trente-huit, ça fait juste soixante-huit... Monsieur veut-il que je lui prépare tout ce qu'il lui faut pour faire sa barbe? Ce dernier mot faillit arracher un cri à Hector; il porta précipitamment la main à son menton, et certes, si Joseph n'eût été occupé à repasser ses rasoirs sur un cuir, il n'eût pu s'empêcher de remarquer l'air d'effroi de son maître en trouvant sous sa main une barbe rude, épaisse, des favoris d'une ampleur et d'un touffu extraordinaire, et une moustache du même calibre.

Joseph continua: « Soixante-huit ans, comme je le disais à Monsieur, huit ans de moins que madame la comtesse, qui, si je ne me trompe pas... doit avoir... à la Saint-Jean... soixante-seize ans... bien comptés .. Dame!... le temps passe et nous avec... c'est une vérité fort in-

contestable... Je reviens à madame la comtesse,
elle baisse... elle baisse... tous les jours davantage, au point que ce matin... vrai!... ce
n'est pas parce que ma surdité augmente, mais
aujourd'hui j'entendais à peine la voix de madame la comtesse, quand elle m'a dit : — Mon
bon Joseph, entre chez le comte de Barsac...
— Le comte de Barsac!... quel comte de Barsac?... demanda Hector, passant d'une surprise
à une autre, en se frottant les yeux, et se pin-
çant sous la couverture pour se convaincre qu'il
était bien réveillé. — Mais... dit Joseph en
portant la main à ses yeux comme pour faire
croire à une larme; depuis... monsieur le comte
sait de quel fatal événement je veux parler...
depuis je n'en connais pas d'autre que Monsieur... Pour en finir, je disais que j'entendais à
peine la voix de madame la comtesse lorsqu'elle
m'a dit : —Mon bon Joseph, va chez M. le comte,
et, s'il est réveillé, prie-le de passer chez moi,
je te prie... je me sens plus mal... — Plus mal!
cria Hector sautant à bas de son lit... ma mère

plus mal... ma mère malade! » Et, oubliant sa
croissance prodigieuse, il cherchait ses petites
bottines, sa blouse du matin et sa casquette, ne
comprenant rien à l'élégante robe de chambre
que son valet de chambre lui présentait, ainsi
qu'aux pantoufles turques qui gisaient sur le tapis et au bonnet grec qui coiffait la Vénus antique de sa pendule. Toutefois, acceptant l'ample robe de chambre et les divers vêtements que
Joseph lui passait à mesure, il s'élança rapidement hors de sa chambre, et de là sur l'escalier.
Mais, hélas! comme il me l'a très-bien raconté
lui-même, le pauvre enfant, ce ne fut pas sans
s'accrocher aux portes, qu'il n'ouvrait pas assez
grandes pour lui donner passage, sans se cogner la tête, ou se frapper les bras et les mains.
Il arriva enfin dans la plus grande consternation
et la plus étrange perplexité.

Comme Janon en était là de son récit, le chef
de la bande des moissonneurs vint l'interrompre pour lui dire qu'un champ était fini, et
lui demander quel autre il fallait entamer.

La vieille paysanne se leva, et remit au lendemain la suite de l'histoire.

Le lendemain, Janon, cédant à l'impatience des
enfants, dont les plus grands ne comprenaient
rien à cette métamorphose extraordinaire, acheva
son récit comme nous le verrons au chapitre
suivant.

CHAPITRE XIII

Fin des Pilules du Diable.

C'était bien la chambre de sa mère, et cependant tout paraissait si vieux, si antique, la soie des meubles et les tentures de l'appartement étaient si fanées, qu'Hector ne la reconnut pas au premier abord. Une femme âgée le reçut sur le seuil de la porte, en lui faisant signe de faire silence; il fallut que cette femme lui parlât deux fois pour que dans ces traits grossis, dans cette taille rebondie, il retrouvât quelque chose de cette gentille et petite Janille, sa bonne d'enfance... Mais ce qui acheva de le pétrifier tout-à-fait, ce fut, du fond du lit, une vieille, vieille femme qui lui tendit une main sèche et décharnée, en l'appelant : « Mon fils ! » Hector se précipita sur cette main, la porta à ses lèvres, la mouilla de ses larmes... Alors il comprit son vœu criminel; ainsi il n'avait pas seulement avancé sa carrière, il avait avancé celle de toute sa maison; il avait surtout précipité celle de sa mère; il s'assit près du lit, le mot de pardon dans le cœur et sur les lèvres. « Mon cher enfant, lui dit la malade d'une voix chevrotante dans laquelle Hector cherchait vainement le timbre jeune et charmant de sa mère... ne vous affligez pas... que voulez-vous? il me semble que c'est hier seulement que nous fîmes une partie de campagne qui vous causa un si violent chagrin, que vous vouliez mourir ou grandir tout d'un coup. Trente ans !... Cet espace de temps, qui fait de vous un homme, Hector... a terminé la carrière de votre mère... Je le sens, mon enfant... je ne puis aller plus loin... je vais mourir. Oh ! ne parlez pas ainsi, ma mère ! cria Hector, ou je me regarderai comme un assassin. je croirai

vous avoir tuée. — La douleur vous fait déraisonner, mon cher enfant, reprit affectueusement la
mourante... vous avez été toute la vie, pour moi,
un fils respectueux, tendre et soumis... » Ici
une faiblesse prit à la comtesse, qui pâlit, balbutia encore quelques mots que son fils n'entendit pas ; puis, s'affaissant peu à peu sur son
oreiller... elle murmura faiblement : « Je me
meurs... O mon Dieu! » et resta tout-à-fait
sans mouvement. A cette vue, Hector remplit
l'air de ses cris ; il se jeta sur le corps de sa mère
inanimée, l'appela à plusieurs reprises, et, cédant aux remords qui l'oppressaient, il avouait,
en se frappant le front, qu'il avait mangé des
pilules que la vieille Margoton lui avait données,
et que ces pilules, en lui donnant trente ans de
plus, avaient aussi donné trente ans de plus à
sa mère... trente ans, par dessus lesquels sa
mère avait sauté sans transition, et que, sans
lui, sans son vœu fou et cruel, elle aurait encore à vivre heureuse et gaie de longues années.
Et il pleurait à fendre le cœur des assistants... et

tout le monde pleurait autour de lui... Mais
sa mère ne revenait pas... et alors il se jeta à
deux genoux devant ce lit sur lequel la mort venait de choisir une proie et il s'écria : « Mon
Dieu !... reprenez ces trente années que vous
avez ajoutées à ma vie, et rendez-moi mes huit
ans et ma mère... mon bon Dieu, je vous en
prie... Faites que je redevienne enfant, plus
petit enfant même, si vous voulez, pour me punir... » Dame, mes chers enfants, ajouta Janon
en s'interrompant, vous comprenez que, depuis
tant d'années, je ne me ressouviens pas bien
exactement de tout ce qu'Hector me raconta à
cette époque... seulement ce que je me rappelle
bien, c'est qu'après avoir prié le bon Dieu longtemps, au pied du lit de sa mère, il s'endormit, et que, lorsqu'il se réveilla, il se vit, à son
grand étonnement, couché dans son petit lit
d'enfant, avec son père et sa mère auprès de lui
et un peu plus loin Joseph et Janille; que sa
mère était toujours jeune et belle, Joseph grand
et fort, et Janille toute jeunette, et que, quant

à lui, il retrouva avec plaisir ses petites jambes, son petit corps, et que, lorsqu'il porta une de ses petites mains à son menton nu, il le trouva aussi doux et aussi lisse que la veille au soir, quand il s'était couché...

— Ah! je comprends... s'écria Ernest... ces pilules l'avaient endormi, et tout ce qui s'était passé, il l'avait rêvé...

— Vous n'y êtes pas, monsieur Ernest, vous n'y êtes pas, lui répliqua gravement Janon; ces pilules étaient bien positivement enchantées, à preuve que, d'après les paroles qu'Hector avait prononcées dans sa prière, le comte de Barsac, envoya quérir la mère Margoton, qui avoua que c'était pour se venger du père et de la correction qu'il lui avait fait donner, qu'elle lui avait fait prendre ces pilules... qui n'étaient d'ailleurs composées que d'une eau appellée... monsieur Ernest... cette eau s'appelle... mon Dieu! le nom m'échappe... Mais dites-moi, quand M. le curé faisait sa partie d'échecs avec votre pauvre mère... cette chère comtesse, que devant Dieu est son âme, j'en mettrais bien la main au feu pour celle-là... vous rappelez-vous comment elle nommait les plus petites machines qu'elle faisait aller, marcher, venir avec sa main si blanche et si jolie?...

— Des pions, dit Ernest.

— C'est ça, Monsieur, de l'eau de pion.

Ernest partit d'un grand éclat de rire.

— De l'*opium*, tu veux dire, ma bonne, répliqua-t-il... L'opium a la vertu d'endormir...

— Et de tuer aussi, monsieur Ernest, reprit Janon d'un air piqué... Je sais bien ce que je dis, peut-être. M. le comte et madame la comtesse répétaient assez souvent, pendant la maladie du petit Hector, car il fut très-malade des suites de son imprudence : « Mais tu pouvais mourir, vilain enfant, tu pouvais mourir... » Cela doit vous apprendre, ma chère Mathilde, ma chère Juliette, mon petit Auguste... Je ne vous dis rien, à vous, monsieur Ernest, parce que vous vous croyez beaucoup plus savant que votre pauvre bonne... cela doit vous apprendre, dis-je, qu'il ne faut rien prendre d'une main que vous ne connaissez pas, et encore moins le manger... ainsi que vous l'avez fait, l'autre jour, de ces gâteaux achetés à un autre qu'à Brin-d'Amour, si tendres, si doux, et si bien feuilletés.

— Brin-d'Amour? interrompit Mathilde en riant.

— Eh non! ses gâteaux, dit Janon.

— Du reste, ton histoire est charmante, dit Ernest, et tu mériterais un sabot d'honneur pour la manière extraordinaire et fantastique avec laquelle tu racontes les choses les plus simples...

— A propos de sabot, dit Janon, vous rappelez-vous, monsieur Ernest, un vieux sabot avec lequel vous jouiez quand vous étiez tout petit, ce sabot que madame votre mère conservait avec tant de soin, bien que mon nourrisson, le général, eût souvent répété l'ordre de le jeter au feu?

— Le sabot de Ramouniche? demanda Ernest.

— Juste, dit Janon; c'est là une fameuse

histoire!... Ce sabot a causé bien des infortunes à son propriétaire... allez!

— Oh! conte-nous ça, conte-nous ça, Nannon, s'écrièrent tous les enfants à la fois.

— Demain, chers astres, demain, dit la vieille nourrice; aujourd'hui j'ai mes ouvriers à surveiller.

— A demain, donc, soit, répondirent-ils.

CHAPITRE XIV

Les cinq infortunes des sabots de Ramouniche et
ses premières infortunes.

— Il y a bien longtemps, bien longtemps de
cela, du vivant du père au père de M. le comte
Hector, il y avait, sur la côte de Bassens, un
paysan fort riche, si riche, qu'il ne savait pas
au juste le compte de l'argent qu'il possédait;
il s'appelait Ramouniche, et il était en même
temps si avare, que tout le long de la côte, depuis Lormond jusqu'à Pauillac, c'était passé en
proverbe; on disait : « Avare ou *vilain*, ce qui

est la même chose, comme Ramonniche. » Un
bonnet de laine, dont il était impossible de com-
prendre la couleur, formait seul sa coiffure; son
gilet était si rapiécé, et de pièces de toutes les
nuances, qu'on n'aurait pu dire au juste celle
qui avait jadis fait partie du gilet entier; quant
à son pantalon, été comme hiver, c'était toujours un pantalon de toile bleue. Mais ce qui
surpassait en tout l'avarice de son costume,
c'étaient ses sabots... une paire de sabots ne
coûte cependant pas bien cher; avec douze sous
on en voit la farce; les siens lui avaient été donnés par son parrain, le jour de sa première
communion... Il avait à l'époque dont nous par-
lons soixante ans, et c'étaient toujours les mê-
mes sabots : il les raccommodait lui-même, les
radoubant avec de l'étoupe, des clous et du
goudron, comme on radoube les bateaux, lorsqu'ils font eau; enfin, à force d'y ajouter et du
bois et de l'étoupe, et des clous et du goudron,
ces sabots étaient devenus si lourds, si pesants,
si informes, que c'était à qui, depuis Lormond

jusqu'à Bassens, se moquerait des sabots de Ramouniche... Ainsi de même, lorsqu'on voulait citer un vilain ladre, le nom de Ramouniche venait aux lèvres ; lorsqu'on voulait faire une comparaison extravagante, on citait les sabots de ce vieux vilain ladre d'homme.

Mais voilà qu'un jour ce vieil avare, se promenant dans le grand Montferrand, entra dans un cuvier... le cuvier de Pierrille, dont la femme venait d'accoucher d'un sixième enfant : il n'était point entré là par hasard, comme la fin de l'histoire vous le prouvera... Il savait que Pierrille avait besoin d'argent, quelques vieilles pièces de vin à vendre, et, tout en s'informant de la santé de l'épouse de Pierrille, il lui proposa de lui acheter son vin. Ramouniche n'avait pas besoin de vin, de sorte que cela lui était égal d'acheter ou de ne pas acheter; mais Pierrille avait besoin d'argent, et cela ne lui était pas égal de vendre ou de ne pas vendre ; de sorte qu'après une heure de pourparlers, de : « Combien votre vin? — Vingt écus la pièce.

— Combien de pièces? — Ces trois. Je vous en donne dix écus chaque. — Allons donc, Ramouniche, vous voulez rire. — Je ne ris jamais, Pierrille. — Il y trois ans que je les garde, que je les soigne, que je les mijote, et, certes, ce n'est pas pour les donner à dix écus, comme de la piquette. Vingt écus la pièce; il y en a trois : donnez-moi soixante écus, et emportez mon vin, Ramouniche. — Je vous ai dit mon dernier mot, Pierrille : dix écus pièce, trois pièces, trente écus, et encore ce que j'en fais, c'est pour vous être agréable, car je n'ai pas besoin de vin; j'ai encore dans mon chais la récolte de trois ans... — Donnez-m'en au moins cinquante écus, Ramouniche. — J'ai dit trente écus, Pierrille. — Quarante-cinq écus, Ramouniche. — Pas un liard avec les trente écus, Pierrille. — Quarante, allons, allez à quarante, Ramouniche. — Je n'ai jamais deux paroles, Pierrille; trente écus, c'est à dire oui ou non; tenez, j'ai précisément la somme sur moi... trente beaux petits écus à l'effigie de notre bon

6

roi Louis XV... ils sont tout neufs, les voulez-vous? oui... ou non... » Et, ce disant, le vilain ladre fit mine de rempocher son argent ; ce que voyant Pierrille il soupira, jetant d'un œil un regard de convoitise sur les pièces de six livres, qui reluisaient dans la main noire du vieux crocodile, et de l'autre œil un regard de regret sur ces pièces de vin, si bien cerclées, si ménagées. si ouillées; bref, l'un tenant ferme, l'autre lâchant toujours pied, l'argent de Ramouniche passa dans la poche de Pierrille, et les pièces de vin de Pierrille allèrent se loger dans les chais de Ramouniche, qui ne les garda pas longtemps, et les revendit le double à M. le comte de Barsac, le vieux, le plus vieux, le grand-oncle du comte de Barsac, le père d'Hector. Ce fut lorsqu'il alla chercher l'argent de ces pièces de vin que lui arriva la première infortune attirée par ses sabots. Écoutez bien.

C'était un dimanche, après la messe, le grand-oncle des de Barsac existants lui avait dit de venir à cette heure chercher son argent.

Comme il entrait sous le vestibule, il se trouva nez à nez avec Pierrille. « Tiens, qu'est-ce que tu viens faire ici? lui dit Ramouniche. — Je viens voir monseigneur, répondit Pierrille. — Toi? — Oui, moi. — Toi? — Et pourquoi pas, moi comme toi? — Moi, je viens chercher l'argent de quelques pièces de vin que j'ai livrées hier à son tonnelier, lui dit Ramouniche. — Et moi, je viens parce que monseigneur m'a fait dire de passer à cette heure chez lui, dit Pierrille. » Sur ces entrefaites, un valet étant venu dire aux deux paysans d'entrer, tous deux déposèrent leurs sabots à l'entrée de l'appartement, et se rendirent aux ordres de monseigneur. Le grand-oncle salua très-cordialement Pierrille, et accorda à peine un regard à Ramouniche; puis, se tournant vers ce dernier, il lui dit : « Je vous ai acheté hier trois pièces de vin, au prix de vingt écus pièce : elles les valent, je ne veux point les marchander; mais, vous, vous les avez achetées dix écus à ce malheureux, profitant de sa misère. Voici votre argent; vous gagnez trente écus, que je vous conseille en voisin, en ami, en seigneur, de partager avec Pierrille. » Ramouniche répondit effrontément : Le marché que j'ai fait avec Pierrille ne regarde pas plus monseigneur que le marché que je fais avec monseigneur ne regarde Pierrille : il a plu à Pierrille de me vendre son vin dix écus la pièce, moi il me plaît de le vendre vingt; monseigneur me doit soixante écus, pour lesquels je suis prêt à lui donner un reçu. » Ce fut vainement que monseigneur chercha à attendrir ce barbare : il aurait plutôt ému les cloches de l'église que le cœur de ce vieux vilain ladre. Alors monseigneur, voyant tout inutile, s'approcha de Pierrille, lui dit un mot à l'oreille, un mot qui fit sourire Pierrille, et sembla fort le réjouir; puis il le renvoya. Après, se tournant froidement vers Ramouniche, il lui compta ses soixante écus, lui en fit faire un reçu, puis il lui dit : « Sortez, et je souhaite que cet argent mal gagné vous porte malheur. — L'argent ne porte jamais malheur, répondit Ramouniche.

qui le serra, écu par écu, dans une longue bourse de peau, mit la bourse dans sa poche, salua monseigneur, et se retira.

Quand il fut dehors de la porte du salon, il chercha ses sabots, pour les reprendre, et quel fut son étonnement, au lieu de ses vieux et lourds sabots, d'en voir une paire toute neuve et à peine étrennée! « Tiens! se dit-il en les regardant avec complaisance. Mais cet argent, au lieu de me porter malheur, me porte bonheur. » Et regardant si personne ne venait, il passa ses pieds dans les sabots neufs, et sortit du château. Il avait à peine fait quelques pas sur la grande route, en admirant la légèreté de sa nouvelle chaussure, si opposée au poids énorme qu'il portait ordinairement aux pieds, qu'il entendit crier : Au voleur! au voleur!... et un grand mouvement se faisait derrière lui. Il se retourna, et reconnut sans peine tous les gens du château, ayant Pierrille en tête, qui couraient après lui ; puis il crut remarquer aussi qu'à l'épithète peu flatteuse de voleur se mêlait de temps en temps son nom de Ramouniche.

CHAPITRE XV

Suite des sabots de Ramouniche.

DEUXIÈME INFORTUNE.

Bientôt Ramouniche ne douta plus de ce qu'il ne faisait que supposer; tout ce monde l'entourant bientôt, une main, deux mains, plusieurs mains se posèrent sur sa personne, le saisirent au collet, et les voix devenant plus menaçantes à mesure qu'il tentait de se débarrasser des étreintes un peu rudes de ceux qui l'arrêtaient, il sut pourquoi on agissait ainsi à son égard. « Ah! vieux ladre de Ramouniche, lui dit Pierrille, qui paraissait le plus exaspéré, non content de me voler la moitié de ce que vaut mon

rin, tu me voles encore mes sabots neufs, une
paire de sabots qui m'a coûté douze sous...
douze sous de l'argent sorti à grand'peine de ta
bourse et encore plus de ton cœur... Marche devant monseigneur, vieux vilain hibou, et tu vas
voir si l'on vole impunément une paire de sabots... — En vérité, Pierrille... répondit Ramouniche tout honteux... je vous jure... je vous
proteste... C'est bien mal à vous d'agir ainsi
envers moi... on peut s'entendre... Aïe! ne me
tirez donc pas ainsi, vous déchirez ma veste...
vous me payerez ma veste, Pierrille; quelle déchirure, mon Dieu, quelle déchirure! — Je ne
te payerai rien du tout... tant pis pour ta veste...
si elle était aussi dure que toi... elle n'aurait
pas si vite cédé... Allons, pas tant de façons...
marche... en avant... » Et toute la troupe criant
en avant, et ce cri couvrant la voix suppliante
du voleur, voleur, volé et assaillants se remi-
rent en route pour le château.

En y entrant, Ramouniche fut conduit tout de
suite devant le vieil oncle des de Barsac, — car

il faut que je vous dise, mes enfants, qu'anciennement, avant la grande Révolution, les sei-
gneurs rendaient la justice dans leur domaine.
C'était-il mieux? c'était-il pis? je ne suis pas
assez habile pour juger ça, je me borne à raconter sans faire de réflexion. Donc, quand tout le
monde fut arrivé dans la grande salle du château,
et monseigneur s'étant assis dans son grand
fauteuil, Ramouniche tout tremblant voulut prendre la parole. « Un moment ! » lui dit monseigneur en lui imposant silence. Puis, se tournant vers Pierrille, il l'interpella en ces termes :
« Pierrille, pourquoi as-tu couru après Ramouniche, et pourquoi le ramènes-tu en ma
présence? — Sauf vot' respect, monseigneur,
parce qu'il m'a volé mes sabots, répondit peut-
être un peu trop laconiquement le paysan, qui
malheureusement ne savait pas faire de phra-
ses comme les beaux messieurs de la ville. —
Ramouniche, qu'as-tu à dire pour ta défense?
dit monseigneur en s'adressant à l'avare. —
Hélas ! monseigneur, répondit humblement Ra-

mouniche, voici comment la chose est arrivée :
j'avais laissé, sauf vot' respect, mes sabots à la
porte ; quand je suis sorti, je n'ai ma fine pas
regardé de si près, j'ai mis mes pieds dans les
premiers sabots venus, et puis voilà. » Vous
voyez déjà, mes enfants, ajouta Janon, combien ce vilain grigou mentait. « Portez ici les sabots de Ramouniche, » dit le vieil oncle de Barsac à un valet qui s'empressa d'obéir, et posa
sur une table, au milieu du salon, deux espè-
ces de bateaux plats auxquels il ne manquait,
pour pouvoir naviguer sur la Garonne, qu'un
mât et une voile.

L'oncle des de Barsac ordonna à Ramouniche d'ôter les sabots qu'il avait encore à ses
pieds, et de les poser à côté des autres, ce qu'il
fit, et ce qui excita un murmure universel, tant
les uns différaient des autres ; et monseigneur,
après avoir fait remarquer à chacun la différence,
dit : « A moins d'être aveugle, et il est avéré que
Ramouniche n'est pas aveugle, on ne se trompe
pas aussi grossièrement, on ne prend pas une

barrique pour une cuve, un bateau plat pour un trois-mâts; du reste, et pour donner une petite leçon à Ramouniche, qui pourrait encore commettre des erreurs plus fortes, nous, de par le roi et l'autorité dont il nous a revêtu à l'égard de nos vassaux (c'était alors la formule d'usage), nous condamnons le nommé Ramouniche à rendre à Pierrille les sabots, et le condamnons en outre à payer audit Pierrille, pour dédommagement du tort qu'il lui a fait en le forçant à courir nu-pieds après lui, ce qui aurait pu occasionner un rhume de cerveau, une fluxion de poitrine, un refroidissement duquel la mort pouvait s'ensuivre... la somme de trente écus comptant, sans sortir de l'audience, à défaut de quoi le sieur Ramouniche ira en prison, ce qui doublera tout de suite les frais du procès, de l'amende et du dédommagement.

— Trente écus! monseigneur, trente écus! s'écria douloureusement Ramouniche, trente écus pour une misérable paire de sabots qui ne vaut pas six sous; mais en les mettant à dix sous... soit, dix sous, monseigneur, avec trente écus on aurait cent quatre-vingts paires de sabots comme ceux-ci, même plus beaux que ceux-ci; sauf le respect que je dois à monseigneur, trente écus, c'est trop, c'est affreusement trop... Pierrille abuse de ma position. — N'avez-vous pas abusé de la sienne? lui répliqua monseigneur si sévèrement, que Ramounicho en baissa les yeux de confusion; ce n'est qu'une revanche, et il est bien bon de n'avoir demandé que trente écus de dommages et intérêts, car, s'il en avait demandé cent, je vous aurais forcé à les donner... Allons... vite... qu'on s'exécute, ou en prison, et demain la somme doublée. »

Contre la force il n'y a pas de résistance, et Ramouniche le savait si bien, que, courbant la tête sous le poids d'une condamnation sur laquelle il gémissait sans oser murmurer, il tira de sa poche sa longue bourse en peau brunie par le temps, et, comptant un à un trente écus, les accompagnant chacun d'un soupir triste et

douloureux, il les posa sur la table, et demanda s'il pouvait se retirer. « Oui, et surtout emportez vos sabots, » lui répondit monseigneur.
Ce qu'il fit. Mais, lorsqu'il fut loin de la vue
du château et de ses habitants, sa douleur s'ex-
hala en plaintes et en sanglots. « Maudits sabots ! s'écria-t-il en les considérant avec angoisse,
vous me coûtez trop cher pour que je puisse
vous garder plus longtemps. » Disant ces mots,
Ramouniche s'approchait de la Garonne, dont
les vagues de la marée montante venaient se
briser à ses pieds, et les lança de toute sa force
bien en avant dans l'eau. Ceci fait, il alla chez
un sabotier acheter une paire de sabots, qu'il
marchanda longtemps avant de se décider à les
prendre, et sur lesquels, après une heure
de dispute, il obtint enfin une diminution de
deux liards, puis les portant à ses mains, de
crainte de les user en les mettant à ses pieds,
il retourna chez lui.

Il lui arriva bien en route une petite infortune, mais si petite pour lui, rapport à son ca-

ractère avare, que je vais vous la dire seulement en passant, mes enfants, dit Janon, et pendant qu'elle me vient à l'esprit; si j'attendais plus tard, je l'oublierais. Environ à vingt pas de chez lui, il sentit tout-à-coup une forte douleur au pied, il y regarda précipitamment et vit que c'était un grand clou qui lui était entré sous la plante du pied. « Quel bonheur, dit-il en l'ôtant de la plaie, et en examinant sa longueur extraordinaire, — quel bonheur que je n'aie pas mis mes sabots neufs, ils auraient été percés... » Et, tout en se félicitant de son bonheur, il rentra en boitant chez lui; il se coucha avant la nuit pour économiser la chandelle et son souper, et s'endormit en calculant combien d'économies pareilles il faudrait faire pour rattraper ses trente écus et ses douze sous de sabots neufs. Il fut réveillé en sursaut, le matin de très-bonne heure, par la voix de quelques pêcheurs qui, sans lui donner d'autres explications que celles-ci : « Maudit avare, vieux ladre, mauvais chien ! Ah ! il va t'en cuire avec

tes vieux sabots... Allons, pas tant de façons,
suis-nous chez monseigneur... je ne t'en tien-
drai pas quitte, comme Pierrille, pour trente
misérables écus... Allons... allons donc! »

CHAPITRE XVI

Suite des exploits de Ramounicho.

TROISIÈME EXPLOIT.

On laissa à peine le temps à Ramounicho de s'habiller, et toujours en le bourrant, et en répondant à son exclamation : « Mais, mon Dieu, qu'ai-je donc fait? » par un coup de poing ou une taloche sur le bonnet de laine grasse et brune qui laissait voir, à travers ses mailles lâches et brisées, son chef pelé et crasseux, on finit par l'introduire dans les salons de justice des de Barsac. Que croyez-vous, mes enfants, qu'il vit en entrant dans ce salon?... là... la première chose qui lui frappa la vue et qui faillit le changer en une borne, tant il devint stupide, pâle, et sans mouvement... Devinez... vous n'y êtes pas... vous n'y serez jamais... ses sabots... les malheureux sabots... ses vieux sabots, s'entend. Quand il revint à lui, son premier mouvement fut de se cogner la tête avec son poing fermé. « Mes sabots! cria-t-il. — Oui, tes sabots, vieux grigou, lui dit le pêcheur qui l'avait forcé à le suivre chez monseigneur; ils sont assez connus à dix lieues à la ronde, tes sabots, pour qu'on sache à qui ils appartiennent. Imaginez, monseigneur, ajouta-t-il en se tournant vers l'oncle des de Barsac, qui venait de prendre place dans son grand fauteuil, que, sauf vot' respect, j'étais parti cette nuit pour la pêche... voilà que sauf vot' respect, je lève mon filet... c'était lourd... c'était lourd... — Bon, que je dis, sauf vot' respect, à mon garçon, nous avons pêché là un gros poisson... — Une alose, peut-être, sauf vot' respect, que me dit mon garçon. — Oh! mieux que cela, lui répondis-je en tirant toujours. — Et quoi donc? qu'il me dit un saumon, peut-être. — Mieux que cela, que je répondais en tirant toujours. — Dites donc, maître, qu'il me dit... toujours sauf vot' respect, monseigneur... si c'était une baleine... vous savez, ces poissons gros comme des montagnes dont nous parle toujours le vieux marin Pontet, qui avalent les plus gros navires comme si c'étaient des goujons. — Pontet avale des navires, dis-je en faisant l'étonné... histoire de rire; vous comprenez que je comprenais fort bien. — Eh ! non, me dit mon garçon, ce sont les baleines ; — et nous deux de rire et de tirer toujours. Enfin, à force de tirer, que ça ne voulait pas venir... je tire... je tire... et je trouve dans mon filet... quoi? les vieux sabots de ce vieux grigou de Ramouniche, sauf vot' respect, monseigneur, qui ont percé de partout mon pauvre filet, qu'il me faut deux jours au moins, à moi et à not' femme, pour le raccommoder, sans compter le fil... Vous jugez, monseigneur, sauf vot' respect et sans vous commander... que deux jours de pêche perdus, deux jours pour raccommoder mon filet, ce qui fait quatre jours, si deux et deux font quatre... et le fil... et les mauvaises herbes qui pousseront pendant ce temps au jardin... bref... je demande en tout à ce vieux scélérat... et certes, ça n'est pas trop... cinquante écus... — Cinquante écus, s'écria Ramouniche, qui, à cette somme, avait sauté sur sa chaise, ni plus ni moins que si on lui eût appliqué sur les épaules cinquante coups de nerf de bœuf à la fois... cinquante écus... Un pauvre homme comme moi, et où voulez-vous, bonté divine! que je les trouve? — Chut! lui dit sévèrement l'oncle des de Barsac... D'abord, vous n'êtes pas un pauvre homme, et vous savez fort bien où trouver cinquante écus... et puis vous êtes un vilain homme... un avare... et l'avarice est un péché mortel, qu'on doit punir aussi bien dans ce monde que dans l'autre... Vous payerez vingt écus à ce pauvre pêcheur dont vos vieux sabots ont détruit le filet... et... pas un mot de plus, ou je double la peine... Allez, retirez-vous... et emportez vos sabots. »

La menace de doubler la peine ferma la bouche à Ramouniche; monseigneur l'aurait fait comme il le disait... Force fut au malencontreux avare de dénouer encore les cordons de sa longue bourse de peau, d'en tirer vingt écus, qu'on aurait dit qu'il arrachait son âme, de les donner au pêcheur, de reprendre ses vieux sabots, et de se retirer en remerciant, par dessus le marché, monseigneur, de sa clémence. « Mais je sais bien où je vais les mettre... » se dit-il en jetant un regard de menace sur ses vieux sabots.

CHAPITRE XVII

Suite des sabots de Ramouniche

QUATRIÈME ET CINQUIÈME INFORTUNE.

« Je sais bien où je vais les mettre, répétait toujours Ramouniche en retournant chez lui... Jamais chaussure royale n'a coûté plus cher à son possesseur, qu'à moi ces vieux sabots... A ce soir, mes amours chéris!... » ajouta-t-il en les jetant brutalement dans un coin. Le soir venu, Ramouniche, après avoir bien combiné le genre de mort qu'il devait donner à ses sabots, s'en tint à celui que je vais vous dire, mes enfants... Toutefois, je dois d'abord vous avouer quelle avait été sa première idée en disant ce matin : « Je sais bien où je vais les mettre. » C'était de les mettre au feu; mais pour cela, il fallait avoir du feu; pour en avoir, il fallait en faire ; pour en faire, il fallait brûler un fagot, sans compter l'allumette et le petit morceau d'amadou qui devait allumer le fagot, et cette condition indispensable parut trop dispendieuse à notre avare : il trouva un moyen plus économique de se défaire de ses ennemis de bois : le voici. Quand la nuit fut bien noire, il alluma, à son grand regret, il faut l'avouer, un morceau de chandelle qu'un voisin lui avait donné pour graisser sa scie, puis enfermant ce morceau de chandelle dans une lanterne, il prit une bêche, ses sabots, et alla dans son jardin. Là, au fond, contre un gros arbre, il creusa la terre assez avant, y enterra ses sabots, et enchanté de cette idée économique, qui ne lui avait pas même coûté le bout de chandelle en entier, il revint se coucher sur son vieux grabat, où il dormit d'un profond sommeil.

Le matin, en se réveillant, l'idée lui prit d'aller voir où il avait enterré ses sabots; mais, en approchant de l'arbre, tout-à-coup, et comme si le vertige l'eût saisi, il se mit à courir en rond autour de son jardin, en se frappant le front de son poing fermé, et en criant comme un furieux : « Je suis volé, je suis volé! » Un voisin qui accourut à ses cris, crut que Ramouniche était devenu fou, et il se préparait à appeler main-forte pour arrêter ce furieux et le lier, lorsqu'il le vit s'approcher d'un trou ouvert au pied de l'arbre, se jeter à genoux devant cette ouverture béante, et là, fondre en larmes. « Eh! bon Jésus, Ramouniche, que vous est-il arrivé? » lui demanda son voisin. Sans répondre, car les larmes le suffoquaient, Ramouniche indiqua seulement du doigt, à son voisin, une vieille paire de sabots gisant au fond du trou. « Eh bien... lui dit le voisin... ce sont vos sabots, tout le pays les connaît... après? — Ils m'ont ruiné!... dit Ramouniche. — En raccommodage, donc? demanda le voisin, et cela ne.

m'étonne pas... Il y a au moins six sous d'é-
toupe, de clous et de goudron... — L'étoupe,
les clous et le goudron ne m'ont jamais rien
coûté, répondit Ramouniche, pleurant comme
un veau séparé de sa mère... Je les ai pris où
j'en ai trouvé; mais ça n'est pas la cause de mes
larmes... A côté de ces sabots... j'avais autre
chose... hélas!... — Quoi? demanda le voisin...
quelques vieilles culottes?... — Hélas!... hélas!... dit Ramouniche, hochant la tête. —
Quelques vieilles vestes? demanda encore
le voisin. — Hélas!... hélas! répéta encore
Ramouniche, en redoublant ses sanglots... —
Ce ne doit pourtant pas être rien de bon... fit
observer le voisin... — Mille écus! dit Ramouniche d'une voix qui partait du fond de son
âme. — Mille écus!... dit le voisin, qui comprit enfin la cause de ce désespoir; mille écus!...
vous aviez mille écus dans un trou! » Et le
voisin éclata de rire.

Ramouniche le regarda comme si, à son tour,
il le croyait fou. « Et à quoi vous servaient les

mille écus? demanda le voisin, toujours en riant. — A rien, répondit Ramouniche, le regardant d'un air hébété. — Qu'en faisiez-vous? — Rien! — Que comptiez-vous en faire? — Rien, rien, Dieu merci! rien. — Alors, lui dit le voisin, consolez-vous; mettez une pierre à la place de vos mille écus, elle vous fera le même effet. » Ramouniche se releva furieux; il avait pris, en se relevant, ses sabots dans sa main, et le voisin, les lui voyant brandir en l'air, se doutant quelle allait être la réponse de l'avare, se sauva en courant. Ramouniche le poursuivit, le voisin courait, Ramouniche le poursuivait; ils arrivèrent ainsi sur la grande route, et comme Ramouniche vit que le voisin, qui courait mieux qu'il ne le poursuivait, allait lui échapper, il lui jeta ses sabots à travers. Mais les sabots, au lieu d'aller frapper le voisin, se séparèrent en l'air : l'un alla frapper le front d'une vache que conduisait une femme; l'autre alla frapper un enfant qui marchait à côté de la femme. La vache et l'enfant tombèrent ; tous deux étaient frappés mortellement, et moururent le soir même. Vous devinez, mes enfants, le fameux procès qui s'ensuivit : la femme, qui était une pauvre veuve, ne possédant que sa vache et son enfant, demanda des dédommagements à n'en plus finir; tout l'argent de Ramouniche, jusqu'à sa maison, jusqu'à son jardin, tout y passa...; et lorsqu'à la fin de l'audience, monseigneur lui dit comme à son ordinaire : « Reprenez vos sabots, et allez-vous-en ! » Ramouniche les prit dans ses mains, et les posant aux pieds de l'oncle des de Barsac, il lui dit avec véhémence : « Monseigneur, prenez ces sabots, je vous en prie, ils m'ont ruiné, et rendez un jugement qui ordonne que vous m'en dépossédez. Je n'ai plus que la vie... ils sont capables de me la ravir... ils sont capables de tout. — Ne vous en prenez pas à vos sabots, mais bien à votre avarice, lui répondit sagement monseigneur. Du reste, comme avec votre argent vous manquiez de tout, et viviez en homme ruiné, qu'importe que vous le soyez réellement... Comprenez-vous cette morale?... Hélas! répondit Ramouniche, je n'en comprends qu'une : c'est qu'il ne faut pas avoir de vieux sabots. »

Le silence le plus profond avait succédé au babil de la vieille nourrice. Auguste et Juliette s'étaient endormis depuis longtemps au son lent et sans inflexion de sa voix monotone. Catherine et Lignac n'avaient pas tardé à suivre l'exemple donné par ces enfants, et quant à Ernest et à Mathilde, tous les deux, assis sur le même fauteuil, ils semblaient n'avoir cessé de faire attention à ce que disait Janon que pour écouter le bruit de l'ouragan.

On était, du reste, à cette époque de l'année où les tempêtes ont le plus de violence, au mois de décembre 1830. Il avait neigé toute la journée; mais le vent qui s'était élevé depuis un moment, et qui semblait vouloir déraciner les arbres et démolir les maisons, joint à la neige qui redoublait, formait un temps à ne pas mettre un chien dehors, expression favorite de Janon.

Tout-à-coup, du milieu de ce bouleversement de la nature, partit le bruit sec et vivement répété de la sonnette placée au portail qui donnait sur la rivière.

Au cri que poussa Janon, Lignac et Catherine firent un saut sur leur chaise, en criant aussi; Auguste et Juliette, réveillés en sursaut, se mirent de la partie, mais tous se turent à la voix d'Ernest, qui, d'un ton imposant leur dit :

— Chut, écoutez donc!

Le bruit de la sonnette se renouvelait.

CHAPITRE XVIII

Le Loup-Garou

— Qui ça peut-il être, mon Dieu! dirent Janon, Lignac et Catherine, en se signant.

— Le plus sûr moyen de le savoir serait d'y aller voir, répondit Ernest.

— Et qui? demanda Janon, qui osera aller y voir?... Cet enfant parle bien, comme saint Jean, la bouche ouverte.

— Moi, si personne n'en a le courage, répliqua-t-il.

—Et je t'y laisserai aller, peut-être! répliqua Janon; et si tu n'en revenais pas, à quoi il n'y aurait rien d'étonnant, que dirait mon nourrisson, le général? Nenni da, monsieur Ernest, vous ne bougerez pas de là... Tant pis pour celui qui sonne, ajouta-t-elle, distinguant toujours au milieu du vacarme des éléments déchaînés le tintement de la sonnette qui carillonnait encore.

— Il est cependant bien méchant, Janon, dit Mathilde, si c'est une personne qui sonne, de la laisser ainsi à la pluie, au vent, à la neige.

— Si... répéta Janon d'un ton solennel.

— Et qu'est-ce que tu veux que ce soit, si ce n'est pas une personne? répliqua Ernest d'un ton d'humeur.

Janon répondit, en baissant la voix :

— Et le diable, donc!... Il ne faut pas rire, ni vous moquer de moi, monsieur Ernest : ça s'est vu...

Ernest haussa les épaules, et allait répondre, lorsque Mathilde, dont l'oreille était toujours au guet, l'interrompit, en disant :

— Mon Dieu! on sonne toujours, ma bonne.

— Et puis, quand même, quel jour est-ce? demanda Janon, indécise.

— Un samedi... dit Ernest d'un ton victorieux.:. ce n'est pas un vendredi, tu n'as rien à objecter.

— Le samedi n'est pas meilleur que le vendredi, monsieur Ernest, reprit Janon en hochant la tête d'un air de doute... Et si je vous racontais tout ce qui m'est arrivé de malheureux le samedi...

— Ah ça! mais, à ton compte, il n'y a donc aucun jour d'heureux dans la semaine? lui dit Ernest. Si j'ai bonne mémoire, ce que tu dis de ces deux jours, tu l'as déjà dit du lundi, du mardi, du mercredi, du jeudi.

— Dame... dit Janon, c'est que c'est vrai... c'est que ces jours sont malheureux.

— On sonne toujours, dit Ernest, on ne peut pourtant pas laisser plus longtemps à la porte la personne qui sonne. Lignac, mon bon petit Lignac, va ouvrir, je t'en prie.

— Oh! que nenni da, monsieur... dit Lignac en reculant au lieu d'avancer, vous me donneriez bien tout ce que vous possédez, et tout ce que vous ne possédez pas, que je n'irais pas à cette heure-ci, et par un temps pareil, au portail du bord de l'eau.

— Tu as peur du diable... toi aussi?... lui dit Ernest.

— Non, mais du loup-garou, Monsieur.

— En voilà bien d'un autre! dit Ernest... Allons, allons, donne-moi la lanterne, Lignac, donne-moi la clef, Janon, et je vais y aller, moi... je n'ai pas plus peur du diable que du loup-garou.

— Que c'est bien son père, son portrait tout craché! dit Janon; mais, comme je suis un peu maîtresse ici, je vous déclare, monsieur Ernest, que vous n'aurez la clef du portail qu'avec ma vie... Maintenant tuez-moi, tuez-moi, vous dis-je.

— N'en voulez pas à la Janon. monsieur Ernest, dit Catherine, qui n'avait encore rien dit, car à cette heure, vrai comme il est vrai que nous existons tous, que le bon Dieu est au ciel, Jésus assis à sa droite et la sainte Vierge à sa gauche, ça ne peut être rien de bon qui frappe à cette heure-ci... La Janon vous a raconté une histoire du diable... et si mon homme voulait vous raconter l'histoire d'un loup-garou...

— Qu'il a vu? interrompit Ernest.

— Vu comme je vous vois, affirma Lignac.

— Mon Dieu! Janon, dit Mathilde, qui écoutait toujours, on ne sonne plus maintenant.

— C'est que le loup-garou aura pris le parti de passer par dessus le mur, dit Lignac. Dieu de Dieu, que c'est heureux que nous n'ayons pas besoin, not' femme et moi, de traverser la cour pour aller chez nous!...

— Qu'est-ce que c'est qu'un loup-garou? demanda Mathilde en se rapprochant de Lignac.

— Un loup-garou, mam'selle, dit Lignac, c'est un homme et ça n'est pas une bête... ça est tout ce que ça veut être, ça prend toutes les

formes que ça veut... oh! c'est bien malin...
allez.

—Mais ça ne me dit pas ce que c'est, répliqua Mathilde, moins tourmentée depuis qu'elle n'entendait plus sonner.

— Écoutez la chose, mam'selle, dit Lignac; vous savez bien le vieux Jeantot, qui demeurait sur le bord de l'eau, tout près du chantier de Chagnot, qui construit de si belles chaloupes et des navires à je ne sais combien de mâts, et qui est mort l'hiver dernier. Sainte bonne Mère du bon Dieu! en voilà une d'histoire! et véritable... et que j'ai vue, moi!... C'étaient les vendanges dernières... sauf vot' respect; le vieux Jeantot venait de fermer l'œil : que devant Dieu soit son âme! Son fils Pierrille vient m'appeler pour me prier de garder le corps avec lui pendant la nuit, sauf vot' respect; j'y vais. Nous étions à peu près au milieu de la nuit... il faisait un temps à peu près comme à présent, le mort était dans son lit, la figure couverte par le drap, et Pierrille et moi attablés, nous buvions chopine tout en causant de ceci, de cela, d'une chose, d'une autre; bref, le temps se passait, minuit arriva... Le sommeil me gagnait brin à brin; tout-à-coup, le chien aboya... A propos, la Janon, vous devriez avoir un chien, pour remplacer ce pauvre Brillant, qui s'est noyé, cet été, à la mi-août.

— Oui, oui, continuez, Lignac, mais parlez bas, pour ne pas réveiller les enfants du mystère, qui sont endormis, dit Janon, continuez; je suis sûre que, si on me saignait, on ne me trouverait pas une goutte de sang dans les veines.

— Je crois qu'on sonne encore au portail, fit observer timidement Mathilde.

— Et qu'il vaudrait mieux aller voir ce que c'est, que de raconter un tas de balivernes de loup-garou et autres bêtises... ajouta Ernest.

— Jésus, bon Dieu! dit Janon regardant Ernest et Mathilde d'un air de mépris; dire que j'ai vu naître ces deux enfants, et qu'ils veulent m'en remontrer: il n'y a plus d'enfants, Li-

gnac, il n'y a plus d'enfants; mais ne les écoutez pas : je le leur ai dit, ils n'auront la clef du
portail qu'avec ma vie... Continuez... bien que
je sois bien sûre que je n'en dormirai pas de
la nuit; c'est égal, continuez, Lignac.

Lignac reprit :

— Donc, pour en revenir... où en étais-je?
ah! j'y suis... le sommeil me gagnait brin à
brin... tout-à-coup, le chien aboya. « Il y a
quelqu'un du côté de la vigne, dis-je à Pierrille. — Non, me dit-il, c'est le loup-garou.
— Le loup-garou, que je lui dis, tu l'as vu?
— Oui, qu'il me dit, il vient toutes les nuits se
promener sur les échalas et manger notre rai-
sin, que si ça continue, bientôt nous n'en aurons plus. — Tu as ton fusil, que je lui dis, il
faut le guetter et lui lâcher ton coup dans les
reins. — Bast, qu'il me dit, les loups-garous,
ça a la peau dure : tous les plombs du monde
ne parviendraient pas à l'entamer. — Essayons
toujours, que je lui dis. — C'est inutile, qu'il
me dit, il n'y a qu'une seule manière de tuer

le loup-garou. — Et laquelle? que je lui dis.
— C'est, qu'il me dit, de l'attraper en lui jetant une couverture de laine sur la tête, de le
mettre sous une cuve, de renverser la cuve sur
lui, et au jour, d'aller chercher monsieur le
curé, qui dira deux *Ave*, deux *Pater* et trois
Credo, le tout accompagné d'une bonne chopine d'eau bénite. — Et qu'est-ce que tu crois
que ça fera? que je lui dis. — Que lorsqu'on
relèvera la cuve, on trouvera le loup-garou
changé en chien noir, ou en poule noire, en
une bête noire enfin, et on le tuera sans pitié :
par exemple, il faut le tuer sans pitié. — Ça va,
que je lui dis, prenons la couverture, allons à
la chasse au loup-garou; j'en ai beaucoup entendu parler, et je suis curieux d'en voir un. »
Fait comme dit.

— Et quoi! dit Mathilde, interrompant le paysan, n'aurez-vous donc pas pitié de la personne
qui frappe et appelle au portail?

— C'est bien le cas de dire que lorsque les
enfants ont quelque chose dans la tête, ils ne

l'ont pas aux pieds... on vous répète que ce ne peut être rien de bon qui frappe à cette heure-ci, et, quant à voir un loup-garou, un revenant, ou de ces autres choses de l'autre monde, je n'en suis pas le moins du monde curieuse. Continuez, Lignac, dit Janon.

Lignac reprit :

— Fait comme dit, nous prenons une couverture au lit.

— Au lit du mort? dit Janon en se signant.

— Eh! non, la Janon, au lit de Pierrille, et nous v'là partis dans la vigne. Le chien aboyait toujours; mais comme il était attaché, il ne put pas nous suivre; la pluie avait cessé, le vent soufflait toujours du côté du nord, et nous marchions doucement; Pierrille faisait le brave, moi aussi; mais, quoique ça, faut que j'avoue en conscience que le cœur me faisait fameusement tic-tac dans la poitrine... Tout de même nous avancions toujours; voilà que tout-à-coup à quelques pas de nous, nous voyons... c'est-à-dire nous croyons voir, car la nuit était noire,

noire, que si je n'avais pas su que c'était Pierrille qui était près de moi, je ne l'aurais pas
reconnu ; bref, nous voyons quelque chose de
noir qui courait devant nous : « Allons, me dit
Pierrille. Allons, » que je lui dis. Mais la vérité est que nous ne bougions ni l'un ni l'autre ;
pourtant, soit pour ne pas que Pierrille se moque de moi, et Pierrille soit pour que je ne me
moque pas de lui, nous partons tous les deux
du même pied, et vlan, vlan, en deux sauts
nous avons rejoint le loup-garon, et, sans marchander, nous lui jetons la couverture sur la
tête ; le voilà qui se débat, qui se débat ;
voilà que nous l'entortillons. « C'est singulier,
que je dis à Pierrille, on dirait la voix du petit Castagnot, le fils au batelier Castagne. —
Bast, qu'il me dit, comme je vous ai dit tout à-
l'heure, la Janon, les loups-garous, ça prend la
voix que ça veut. Bref, sauf vot' respect, monsieur et mam'selle, nous le prenons, nous le
mettons sous la cuve, puis nous sortons du
cuvier, que nous fermons à clef et dont Pier-

rille met la clef dans sa poche, et nous allons achever la veillée du mort. Le lendemain de grand matin, le curé et les voisins arrivent, nous portons le mort en terre ; puis, la cérémonie achevée, Pierrille dit au curé : « Ce n'est pas tout. » Et il raconte l'histoire du loup-garou ; le curé rit, mais comme il était bon enfant, bien familier, bien *commun*, bien honnête, et pas du tout bigot, nous lui disons ce qu'il faut qu'il vienne faire au cuvier, et il y vient. La porte était bien fermée, rien de dérangé dans le cuvier, la cuve sens dessus dessous ; le curé dit les *Ave*, les *Pater*, les *Credo* : puis, et cela en présence de tout Lormond assemblé, on retourne la cuve, et que croyez-vous que nous y trouvons ? ·

— Un chien noir ! dit Janon.

— Vous n'y êtes pas, la Janon, dit Lignac avec l'assurance orgueilleuse de quelqu'un qui va dire quelque chose de bien extraordinaire et d'imprévu.

— Une poule noire ! dit encore Janon.

— Allez, allez toujours, dit Lignac.

— Depuis un moment on n'appelle plus, dit Mathilde, qui ne s'occupait qu'à écouter ce qui se passait au-dehors.

— Le diable en personne? dit Ernest en riant.

— Mieux que cela, monsieur Ernest, dit Lignac.

— Eh! dites donc vite, Lignac, répliqua Janon, vous me faites mourir avec vos lenteurs.

— Eh bien, sauf vot' respect, on trouva... un chrétien... dit Lignac; et quel chrétien? le petit Castagnot, le fils au batelier Castagne, hein? vous y seriez-vous attendu?

— J'aime autant ça qu'autre chose, dit Janon; mais voilà les neuf heures qui sonnent : allez vous coucher, nous allons en faire autant; allons, Mathilde, allons, Ernest... au lit.

— Et quoi! sans aller voir qui a frappé? dit Mathilde tout émue.

— Il ne manquerait plus que cela! dit Janon.

Comme Mathilde était habituée depuis trois ans à obéir à Janon, elle passa sans objection dans le petit cabinet qui lui servait de chambre à coucher.

CHAPITRE XIX

La nuit de la Noël.

Ernest était couché depuis longtemps, il avait éteint sa lumière, lorsqu'il entendit ouvrir doucement la porte de la chambre, et Mathilde parut, tenant un doigt sur ses lèvres et un bougeoir à la main.

— Chut, lui dit-elle, prévenant l'exclamation de son frère, mais je ne puis dormir, j'ai toujours dans les oreilles cette voix qui appelait au milieu de la tempête... Ernest, lève-toi, Janon dort, j'ai pris sur la table la clef du portail... allons voir... veux-tu, mon frère?

Et, comme Ernest, indécis, hésitait à se lever, la petite fille ajouta avec une indignation pleine de grâce et de sentiment :

— Peux-tu rester étendu, dans un lit bien chaud, lorsque peut-être, dans ce moment, pas bien loin, il y a une personne qui a froid, et qui doit être toute mouillée par la pluie qui a tombé toute la soirée?... Que tu es dur, Ernest! tu n'as pas peur des revenants, toi... à ce que tu dis du moins... qu'est-ce qui t'arrête?

—Mais toi qui en as peur, Mathilde, auras-tu le courage de me suivre, de traverser toute la maison, la cour, de passer devant l'aile du diable? dit Ernest se levant et jetant un paletot sur ses épaules.

— Non, certes, que je n'en aurai pas le courage, mais qu'est-ce que ça fait, pourvu que j'y aille... j'aurai bien peur; mais que veux-tu, Ernest? je penserai à cette personne qui souffre, et je tâcherai de ne pas penser à autre chose.

— Ce que j'en fais, Mathilde, vois-tu, c'est

bien pour te rassurer, car l'idée que cette personne soit encore là!... dit Ernest en chaus-
sant ses souliers et prenant le bougeoir des
mains de sa sœur.

— Ne me dis pas cela, Ernest, autrement je
ne me consolerai jamais de n'avoir pas pleuré,
crié et frappé du pied jusqu'à ce que ma bonne
soit allé lui ouvrir... Si j'avais su, je me serais
égratigné la figure pour la forcer à y aller.

Et Mathilde, prenant la main de son frère,
ajouta :

— Allons, viens, couvre la chandelle en traversant la chambre de Janon ; mon Dieu ! pourvu
qu'elle ne nous entende pas... Que cette chambre est grande et sombre! ne trouves-tu pas,
mon frère?

— Chut ! dit Ernest.

Et la jeune enfant, qui ne parlait que pour se
donner du courage, comme font les poltrons,
qui chantent pour étourdir leur peur, la jeune
enfant se tut, ne posant son petit pied sur le
carreau qu'avec les plus grandes précautions,

elle atteignit ainsi, avec son frère, le seuil de la porte de cette chambre.

Là, une difficulté à laquelle aucun des enfants n'avait pensé, se présenta tout-à-coup, grossie encore par leur imagination effrayée : la porte était fermée, il fallait l'ouvrir, et la serrure, qui datait du temps du bâtiment, rouillée par la vieillesse, criait ordinairement sous la clef qui la faisait jouer... Toutefois il n'y avait pas à hésiter, il fallait l'ouvrir; Ernest se chargea de cette fonction : mais, malgré toutes ses précautions, il ne put éviter, au moment décisif, un son aigre et criard qui se répéta en écho dans les profondeurs de l'appartement.

Les deux enfants s'arrêtèrent tremblants... mais, rien n'ayant remué sous les doubles rideaux de serge verte qui enveloppaient la vieille bonne, et la porte ayant cédé, ils s'élancèrent haletants par cette bienheureuse ouverture.

Un long et large corridor suivait cette pièce; les enfants ne s'y hasardèrent qu'en jetant de côté et d'autre des regards où se peignait l'effroi le plus expressif.

Le vent avait cessé, la pluie aussi ; un silence profond enveloppait la nature, et rendait encore plus effrayant, s'il était possible, cet immense corridor, le long duquel ces deux pauvres enfants, guidés seulement par leur cœur généreux, s'avançaient lentement, sans parler, côte à côte, se serrant la main et frémissant tous les deux au bruit léger de leurs pas, à leur faible respiration saccadée, au soyeux frôlement même de leur vêtement.

Arrivée sur le palier du large escalier qui conduisait au vestibule, Mathilde s'arrêta tout épuisée.

— Eh bien ! avance donc, lui dit son frère à voix basse, car le silence de la nuit a cela de particulier, qu'il imprime un sentiment religieux qu'il semble que la voix humaine craigne de briser.

— Je ne croyais pas que c'était aussi difficile, lui répondit sa sœur, sur le même ton.

— Mais je ne vois pas que ce soit si difficile, lui dit Ernest, faisant le brave... Du reste, si tu as peur, Mathilde, attends-moi là... j'irai tout seul...

— Et moi, je resterai là! dit Mathilde, jetant autour d'elle un regard inquiet... non... non... Ernest, avançons. Mon Dieu! que tu es heureux de n'avoir pas peur!...

Ernest ne répondit pas, car il ne voulait pas mentir en disant qu'il n'avait pas peur, et, d'un autre côté, il n'était pas fâché de laisser à sa sœur la bonne opinion qu'elle avait de lui. Il commença donc à descendre l'escalier, Mathilde le suivit, puis ils traversèrent le vestibule, ouvrirent la porte qui donnait dans la cour, et qui n'était fermée que par deux énormes verrous, qu'Ernest eut toutes les peines du monde à faire jouer; enfin ils se trouvèrent dans la cour.

Le plus difficile était fait, car le plus difficile réellement était de sortir de la maison sans être entendu de Janon, qui couchait près des

enfants, et de Lignac et de sa femme, qui ha-
bitaient le rez-de-chaussée. Mais pour les enfants, à mesure qu'ils avançaient, la tâche devenait plus rude, plus cruelle. Pour se rendre
du vestibule au portail qui donnait sur la rivière, il fallait passer devant l'aile appelée
l'aile du diable ; il avait neigé toute la journée,
et la neige, qui formait un tapis blanc sur la terre,
couvrait en même temps les toits du château, et
faisait ressortir davantage l'architecture ruinée
de l'aile droite, et donnait aux pierres disposées
çà et là quelque chose de fantastique, un caractère hardi et infernal. Mathilde prit le parti de
fermer les yeux et atteignit ainsi en aveugle la
grille de fer qui longeait la grande route.

Toutefois, avant de se décider à ouvrir ainsi
au milieu de la nuit, Ernest crut prudent d'appeler l'inconnu quelconque qui, deux heures
avant, avait imploré l'hospitalité ; non point
dans la crainte de se trouver face à face avec
quelque malfaiteur, l'imagination honnête des
enfants n'allait pas jusque-là, mais seulement

pour ne pas ouvrir la porte s'il n'y avait personne; il appela d'abord à demi-voix, puis plus haut encore, puis n'entendant aucune réponse, aucun signe, aucun bruit qui pût faire soupçonner la présence d'un étranger, il allait se retirer, lorsque Mathilde, qui avait bravé trop de sentiments divers pour arriver là, et qui, sans s'en rendre compte, ne voulait perdre ni ses émotions ni ses terreurs, joignit sa voix à celle de son frère, et cria à son tour :

— Y a-t-il quelqu'un? répondez, n'ayez pas peur!... nous sommes deux enfants, et nous ne vous ferons pas de mal. Oh! répondez, je vous en prie, vous qui avez frappé tout-à-l'heure, êtes-vous encore là?

Et, comme les enfants attentifs épiaient une réponse, ils entendirent un soupir douloureux et une voix si faible qu'elle semblait sortir de la Garonne dont les vagues mugissaient tout près de là, et cette voix murmurait :

— Au secours !... au secours!...

8

CHAPITRE XX

Encore un tour joué par le Diable.

Les terreurs paniques que la nuit inspire toujours aux enfants, ainsi qu'aux personnes qui réfléchissent peu, les contes fantastiques de Janon et ses histoires diaboliques, tout s'effaça aux yeux d'Ernest et de Mathilde; un seul sentiment, celui de l'humanité, domina tous les autres, et pendant que le premier des enfants, de ses petites mains, tournait avec beaucoup de peine la grosse clef dans la grosse serrure, Mathilde lui avait pris le bougeoir, et criait de toute la force de ses poumons :

— Attendez, nous venons à votre secours, ne vous éloignez pas! venez de ce côté... ici... ici.

Mais, personne ne paraissant, et la porte étant ouverte, Mathilde s'élança la première sur le chemin, guidée par la voix mourante de la personne qui implorait assistance, elle atteignit le pied d'un large ormeau, où elle ne tarda pas à remarquer un objet noir et informe, faisant une tache sur la blancheur de la neige.

Elle se baissa sur cet objet, qu'elle reconnut aussitôt pour être un manteau de femme, et au moment où son frère arrivait près d'elle, tous deux, écartant le manteau, virent une jeune femme étendue mourante, sans mouvement, et faisant entendre ce râle étouffé d'une personne qui se meurt. Ses yeux étaient fermés, et ses beaux cheveux blonds tout mouillés, descendaient le long de ses vêtements, aussi imprégnés de la pluie que les cheveux.

— Mon Dieu! mon Dieu! dit Mathilde essayant de soulever la tête de cette femme, et

n'ayant pas assez de force pour cela, la laissant retomber inanimée. Madame... Madame...
voulez-vous me répondre?... Elle ne répond
pas... mon Dieu! mon frère, est-ce qu'elle serait
morte?

— Non, puisqu'elle respire, lui dit Ernest,
considérant, lui aussi, attentivement cette jeune
et belle personne qu'il voyait pour la première
fois.

— C'est qu'elle est si froide! touche son
front, c'est de la glace... Pourvu qu'elle ne meure
pas pendant que nous la regardons! ajouta-t-
elle naïvement.

— Il faudrait, à nous deux, tâcher de la traî-
ner jusqu'au castel, reprit Ernest en réfléchissant.

— Mais comment? dit Mathilde... je n'ai pas
assez de force pour t'aider...

— Attends... attends.... lui dit son frère...
une idée, roulons-la dans le manteau.

— C'est aisé à dire... mais le moyen? lui dit
sa sœur.

— Rien n'est plus facile : la neige a étendu sur la terre un tapis uni très-doux; passe le collet du manteau sous la tête... bien... le manteau est attaché autour du cou d'une manière solide... bien... maintenant, viens avec moi le prendre du côté des pieds, et traînons...

— Elle est lourde... dit Mathilde, faisant ce que son frère lui disait... La pauvre femme, qu'est-ce qu'elle sera venue faire là?

— Tu vois bien que c'est une étrangère qui ne connaît pas le pays, lui dit son frère, continuant à remplir, aidé de sa sœur, leur obligeant service... Elle se sera égarée, et le froid l'aura saisie pendant qu'elle sonnait au portail. Je n'ai jamais vu cette figure-là...

— Vilaine Janon, qui l'a laissée sonner long-temps et qui encore n'a pas voulu qu'on lui ouvre! Dis donc, Ernest, quelle figure blanche et pâle! lui dit Mathilde... attends donc, ne traîne pas si fort; tu vas lui faire mal...

— Elle n'est peut-être pas toujours aussi pâle... répondit Ernest, et elle est bien belle...

Là, nous voilà dans la cour... va chercher le bougeoir que nous avons laissé là-bas sous l'orme... Que c'est heureux qu'il ne fasse pas de vent!...

En voyant sa sœur s'éloigner hardiment, sans faire une réflexion, et revenir le bougeoir à la main, il ajouta :

— Tu n'as pas eu peur?

— Je n'y ai pas pensé, répondit-elle naïvement.

— Eh bien! porte-le sous le vestibule, et reviens m'aider... pendant ce temps je refermerai le portail... C'est singulier, elle ne fait pas un mouvement... Eh bien! va donc... ajouta Ernest, voyant Mathilde debout près de lui, sans bouger.

— Pourquoi m'as-tu demandé si j'avais eu peur? dit-elle avec un léger sentiment de crainte.

— Préfères-tu rester auprès de cette femme, et la garder? je porterai le bougeoir dans le vestibule... demanda Ernest, ayant refermé le portail pendant ce colloque.

— Certes non, dit Mathilde, se décidant enfin à obéir.

Quand elle revint, elle trouva que son frère avait fait faire à son fardeau la moitié du trajet.

— Maintenant, dit Ernest, il faudrait réveiller les paysans ou Janon... car cette pauvre femme a besoin de secours... et je ne sais quel secours lui donner.

— Pourvu que Janon ne gronde pas trop, dit Mathilde.

— Bast! dit Ernest, elle grondera, mais n'en secourra pas moins cette jolie personne... elle est bonne, après tout. Ouf! nous voici au perron... Il faut que tu m'aides... maintenant... va du côté de la tête et soulève-la-lui.

Comme Mathilde se disposait à obéir, des cris déchirants partirent de l'intérieur des appartements, et bientôt les enfants distinguèrent la voix de Janon qui criait :

— Au secours!... au secours!... encore un tour joué par le diable! le diable a enlevé les enfants du général... Bonne sainte Vierge, ayez pitié de moi!...

CHAPITRE XXI

La Demoiselle pâle.

En un instant, aux cris de Janon tout fut en l'air dans le château; et comme les deux enfants, chargés de leur fardeau, se présentaient aux portes du vestibule, Janon, Lignac et Catherine entraient par des portes différentes dans ce même vestibule.

— Vite... vite, dit Ernest, prenant la parole d'un air de commandement qui imposait toujours à Janon et aux autres, vite, du secours à cette personne qui se meurt...

— Eh! bonne sainte Vierge! où es-tu allé la

déterrer? s'écria Janon, découvrant le visage de
l'étrangère; cette femme est morte.

Lignac et Catherine se signèrent, et Mathilde, par un mouvement machinal, porta ses
deux mains sur ses yeux.

— Non, elle n'est pas morte, puisqu'elle respire, dit Ernest; mais elle est glacée, il faut faire
du feu pour la réchauffer.

L'humanité ayant pris le dessus sur l'esprit
de Janon, elle se décida à s'approcher de l'é-
trangère.

— Vite, Lignac... une bourrée, et allumez-
la... Catherine, venez m'aider à la changer de
vêtement... Pauvre créature... l'eau découle
de partout... Non... non... laissez... allez chercher la bassinoire... bassinez mon lit, nous allons la mettre dedans... Pauvre femme!... Mais
où donc ces enfants ont-ils été la déterrer?...
Ah! quelle frayeur j'ai eue, ma bonne Catherine!... Démons d'enfants!

— Vous nous conterez ça après, la Janon...
dit Catherine, revenant avec la bassinoire... le

plus pressé est de réchauffer cette malheureuse... Not' homme... pendant que nous allons la mettre dans le lit de Janon... reste ici, et fais chauffer un peu de vin, de sucre et de cannelle, que tu me donneras quand je t'appellerai...

Et Catherine, grande, jeune et robuste paysanne, ayant pris dans ses bras l'étrangère comme elle l'aurait fait d'un enfant, la transporta dans la chambre de Janon, où, un quart d'heure après, on l'avait changée de linge, on l'avait couchée; alors elle commença à ouvrir les yeux, de grands yeux bleus qu'elle promena stupidement autour d'elle.

— Où suis-je? dit-elle enfin d'une voix basse et faible.

Dans ce moment Mathilde revenait portant un bol fumant.

— Prenez ça, ma chère dame, lui dit l'aimable enfant en s'approchant du lit et se haussant sur la pointe du pied pour lui présenter le breuvage.

Janon aida l'inconnue à boire; cette dernière acquit alors assez de force pour renouveler sa question.

— Où suis-je?

Janon répondit:

— Au Castel du Diable.

A ces mots, l'inconnue fit un mouvement de surprise si grand, que Janon reprit :

— Ah! dame! faut pas vous alarmer; en faisant usage de beaucoup d'eau bénite, nous voyons peu de diables, et...

— Ce château appartient au général Pichard? interrompit l'inconnue dans la plus vive agitation.

— Oui... dit Janon; mais comment savez-vous ça?

— Et... il a des enfants? demanda-t-elle encore.

— Et qui m'ont causé une fameuse frayeu! cette nuit, allez, ma chère dame, répondit Janon... Imaginez-vous... que je venais de m'endormir, lorsqu'il me sembla entendre du bruit

dans la chambre... Vous saurez d'abord que
nous avons ici, outre nos enfants, les enfants
du mystère... Ah! mais, vous ne comprenez
peut-être pas ce que je veux dire... vous...
deux enfants, un petit garçon et une petite fille...
tombés ici du ciel, on peut dire, ou au moins
d'une manière très-mystérieuse...

— Et ces enfants? demanda l'inconnue, res-
pirant à peine.

— Le garçon s'appelle Auguste, la petite
Juliette; ils se portent bien, Dieu merci, ils
sont là couchés dans ces deux berceaux près
de vous... Vous voulez les voir?... Tenez... Ne
les touchez pas, vous allez les réveiller... Eh
bien! pourquoi pleurez-vous? est-ce que vous
êtes mère, et que vous auriez perdu quelque enfant de leur âge?

— Je ne suis pas mère, je ne suis pas ma-
riée, je suis demoiselle, répondit la personne,
les yeux avidement fixés sur les deux berceaux,
dans lesquels les deux enfants dormaient sépa-
rément.

— Alors, pourquoi pleurez-vous? demanda la vieille paysanne.

—Ce n'est rien, continuez, lui dit la jeune fille avec bonté et la tête tournée du côté des berceaux

— Donc, comme j'avais l'honneur de vous le dire, Mademoiselle, je venais de m'endormir, lorsqu'il me sembla entendre du bruit dans ma chambre... Il faut d'abord que vous sachiez que j'ai le cerveau frappé qu'un beau jour où une belle nuit, n'importe, les enfants du mystère me seront enlevés, d'une manière aussi mystérieuse qu'ils nous ont été apportés ici, c'est sûr et certain, on ne m'ôtera pas cela de l'i- dée... Donc, mon premier mouvement est de me mettre sur mon séant et d'allumer ma chan- delle à ma veilleuse, et de regarder dans les berceaux... Les deux astres y sont... Mais alors qu'est-ce qui a fait du bruit? qu'est-ce qui a remué?... Est-ce que vous m'écoutez, Mademoiselle? on ne le dirait pas, ajouta Janon en s'interrompant; vous ne me regardez seulement pas : ces enfants du mystère vous rappellent quelque histoire.

— Hélas! oui, murmura doucement l'étrangère.

— De revenants, peut-être? dit Janon.

— Je le voudrais, dit l'étrangère avec des larmes dans la voix.

— Bonté divine! quel souhait! dit Janon... et c'est pour ça que vous ne m'écoutez pas?

— Pardonnez-moi, ma bonne, je vous écoute. Continuez, je vous prie... dit l'étrangère toujours sur le même ton et conservant la même attitude.

Janon reprit :

— Je me disais donc : « Qu'est-ce qui a fait du bruit? qu'est-ce qui a remué?... Enfin, n'importe, j'allais éteindre ma chandelle et me recoucher, lorsque, sans intention, oh! mon Dieu, sans intention aucune, je me mets à regarder autour de la chambre, et je vois la porte ouverte... « Ah! mais en voilà d'une belle et d'une sévère! que je me dis, et comment donc

ai-je oublié de fermer ma porte?... » Voilà
que je me lève, et je vais fermer ma porte...
J'avais un peu peur; la peur fait faire du bruit :
ça vous rassure, ça coupe ce silence de la nuit,
qui a toujours quelque chose d'effrayant... Je
fais donc un peu de bruit... Voilà que, comme
j'en avais fait beaucoup, croyant n'en avoir fait
qu'un peu, je me dis : « Ça doit avoir réveillé
Mathilde, qui a le sommeil si léger, et qui est
peureuse comme tout. » Je vais dans sa chambre... mais qu'est-ce que je vois... bonne sainte
Vierge!... J'en suis encore toute froide, quand
j'y pense; je vois que je ne vois pas Mathilde :
le lit n'était pas défait... Pas d'habillements
épars sur le plancher, comme ça lui arrive tous
les soirs; un bas par ici, un jupon par là, les
souliers au milieu de la chambre... Bref, la
frayeur me prend, je cours à la chambre d'Ernest
pour lui demander où est sa sœur; pas plus
d'Ernest que de Mathilde! Pour lors je ne sais
plus ce que je deviens, les dents me claquaient
comme si j'avais eu froid, et je bouillais dans

ma peau; pas plus de bras que de jambes, je
ne sais pas comment la chandelle ne m'est pas
tombée vingt fois des mains, et comment, moi,
je ne suis pas tombée par terre autant de fois;
tant il y a que je me mets à courir par toute la
chambre comme une folle, cherchant la porte et
ne la trouvant pas, que maintenant je suis sûre
que cette porte était ensorcelée... enfin, je la
trouve, mais voilà que je n'avais plus de main
pour tourner la clef; enfin je trouve mes mains,
j'ouvre la porte, je veux appeler Lignac et Catherine, et voilà que je n'avais plus de voix
pour appeler... A la fin finale cependant je re-
trouve la voix, je crie, j'appelle, et au moment
où les paysans arrivaient à mon secours, j'a-
perçois Ernest et Mathilde qui traînaient un paquet dans la cour, sur la neige, un paquet tout
noir : c'était vous, Mademoiselle, sauf vot' respect.

— Et maintenant que vous avez fini, la Janon, lui dit Catherine, qui était restée debout
tout ce temps-là à l'écouter, je vais vous sou-

haiter le bonsoir et me recoucher... Il serait bon aussi de faire coucher les enfants... Il n'y a que vous... Où allez-vous vous mettre?

— Oh! ne vous inquiétez pas de moi, la Catherine, dit Janon : j'ai ce grand fauteuil où j'ai dormi plus d'une fois du vivant de ma chère et bonne maîtresse, et où je dormirai bien encore, je l'espère; mais vous avez raison, bonsoir, bonne nuit; où est donc Ernest?

— Ici, dit une voix derrière la porte; comment va la dame pâle? je n'ose pas entrer, de peur d'être indiscret.

A ces mots, celle qu'on nommait la dame pâle se tourna du côté d'où partait la voix, et dit en s'adressant à Ernest, qui parut sur le seuil de la chambre, et à Mathilde qui ne la quittait pas des yeux :

— Oh! pardon, Monsieur et Mademoiselle... pardon!... J'ai oublié de vous remercier... Hélas! mon Dieu, je vous dois la vie, plus que la vie!... ajouta-t-elle avec sentiment.

— C'est Janon qui ne voulait pas vous ouvrir! dit Mathilde avec un reproche dans les yeux pour sa bonne.

— Qui est-ce qui pouvait se douter aussi que c'était une demoiselle élégante et riche qui voulait entrer?

— Puisqu'elle frappait! lui répondit Mathilde.

— Mais à une heure aussi indue! reprit Janon.

— Je m'étais égarée dans ce pays, dit l'étrangère avec embarras, et je vous assure que je suis demeurée bien longtemps devant ce portail sans oser frapper... Lorsque je m'y suis décidée, j'étais déjà à moitié morte de froid...

— Demain vous nous conterez le reste, dit Janon; je crois que le meilleur maintenant est de dormir.

Ernest et Mathilde s'étant retirés chacun dans son cabinet, Catherine étant sortie depuis le moment où elle avait annoncé son désir de se retirer, Janon s'étendit dans un énorme fauteuil, où bientôt un bruit nasillard assez prononcé prouva qu'elle avait cédé au sommeil.

Comme si elle eût attendu ce moment-là avec impatience, l'étrangère se leva, s'approcha des berceaux, et déposant un baiser mouillé de larmes sur les joues des petits dormeurs, elle murmura en sanglotant :

— Chers amours !... quel bonheur ! Oh ! ma mère ! ma pauvre mère !

CHAPITRE XXII

Un mystère de plus.

— Tout cela n'est pas naturel, disait Janon le lendemain matin, descendue à la cuisine, en compagnie des paysans, et faisant bouillir le lait du déjeuner; il n'est pas naturel qu'une jeune fille, belle comme les anges, coure les chemins la nuit, sans père, ni mère, ni gouvernante... il n'est pas naturel qu'elle ait choisi plutôt notre castel que les maisons de campagne environnantes pour y demander l'hospitalité... Il y a quelque chose là-dessous... Et les enfants du mystère, qu'elle a passé la nuit à regarder et à

embrasser, car je faisais semblant de dormir...
Tenez, il me passe une idée affreuse dans la tête ;
mais sur votre âme, Lignac, et sur la vôtre aussi,
Catherine, n'en ouvrez la bouche à personne...
cela pourrait nous attirer les plus grands malheurs.

Et comme pour donner plus d'importance et
de solennité à ses paroles, Janon baissa la voix,
et, sur un ton des plus gutturaux, elle continua :

— Oui, vous verrez si ce que je vous dis
n'arrive pas ; cette personne de cette nuit n'est
pas ce qu'elle paraît être, c'est une fée... une
bonne, ou une mauvaise, c'est ce que j'ignore,
le temps seul nous l'apprendra ; pourvu, mon
Dieu, qu'elle ne se change pas en dragon ailé
pour m'emporter mes enfants du mystère !...

— Donc, la Janon, dit Lignac sérieusement,
si vous pensez que la chose puisse tourner
ainsi, mon avis serait, sauf vot' respect, de
mettre l'intrigante à la porte... et le plus tôt
sera le mieux...

— Pauvre innocente ! dit Catherine d'un air de commisération ; avant d'être aussi inhumaine, il faudrait s'en informer au moins.

— Que tu es bête, not' femme ! lui répliqua son mari, et à qui veux-tu que nous nous en informions ?... à elle ? que nous lui disions comme ça : « Madame, êtes-vous un dragon, oui ou non ? » Tu n'as des idées de rien, toi, Catherine, et c'est toi qui es l'innocente !

— Le plus pressé... dit Janon...

— Serait d'ôter le lait de dessus le feu, dit la voix d'Ernest, qui écoutait depuis un moment le colloque de Janon et des deux paysans, autrement le lait s'en irait encore plus vite que l'étrangère...

— Est-ce qu'elle est partie ? demanda Janon.

— Non, dit Ernest.

— Dort-elle ? as-tu fait bien attention ? Il ne faut pas la réveiller en traversant la chambre, reprit Janon avec volubilité, car les enfants, ça ne vous a aucune précaution quelconque.

— Elle était réveillée avant moi, répondit

Ernest ; je me suis réveillé au bruit de sa voix, qui demandait à Mathilde une plume, du papier et de l'encre.

— Et pourquoi faire, bonne Vierge? dit Lignac en se signant.

— Pour faire ce qu'on fait avec du papier, une plume et de l'encre, reprit Ernest, pour écrire.

— Et à qui? demanda Janon.

— Je l'ignore, et n'ai pas eu l'indiscrétion de le lui demander, dit Ern...

— Tout cela, tout cela n'est pas naturel, dit Janon hochant la tête, tout en préparant sur la grande et blanche table de la cuisine des bols pour le déjeuner, tout cela n'est pas naturel !... Et que font les enfants du mystère?...

— Ils sont assis sur le lit de l'étrangère, qui les embrasse et ne s'interrompt de les embrasser que pour pleurer et écrire, dit Ernest.

— Et vous trouvez ça naturel, vous autres? dit Janon interpellant vivement les paysans.

— Dame! firent-ils en réfléchissant.

— Du reste, elle les a habillés, répéta Ernest.

— Elle les a habillés, répéta Janon en montant sa voix *crescendo;* et vous trouvez cela naturel?... Non, cela n'est pas naturel... Il y a quelque chose là-dessous, un mystère infernal; il faut que cette intrigante, comme l'appelle Lignac, sorte du castel, ce matin, ce matin même.

— J'espère bien, dit Ernest tout rouge d'indignation, qu'on ne chassera personne de la maison de mon père... et sans ordre encore!

— On l'y a bien reçue, cette personne, dans la maison de ton père, lui riposta aigrement la vieille bonne... et sans ordre encore!

— Mon père ne peut nous blâmer de faire du bien, et il peut nous reprocher de ne pas suivre les exemples qu'il nous donne. « Fais le bien, quand même! » nous répétait toujours notre pauvre mère.

—Quand même! quand même! je ne connais pas ça, dit Janon; mais, en vérité de Dieu, cet enfant parle déjà comme père et mère, avec un ton, avec un air; ça a encore le lait au bout

9

du nez, que si on le pressait un peu il en sor-
tirait, et ça veut parler, ça veut faire le maître... Mais j'ai la tête près du bonnet, comme on
dit, et quand j'y mets une chose dans cette tête,
c'est que ce n'en est pas une autre... Ah! mon
Dieu! quelle est l'heure qui sonne, Lignac?

— Les dix, la Janon, dit Lignac.

— Et mes enfants qui n'ont pas déjeuné...
je vais...

Comme Janon se disposait à sortir, en achevant sa phrase, elle s'arrêta net de parler et
de marcher en voyant entrer dans la cuisine
une jeune et belle femme, qu'elle ne reconnut
pas au premier abord ; cette personne tenait
une lettre cachetée à la main.

— Ma chère dame, dit-elle à Janon d'une
voix douce et mélancolique, pourriez-vous faire
porter cette lettre à la poste la plus voisine?...
c'est une lettre que j'écris au général Pichard,
à Paris, se hâta-t-elle d'ajouter, voyant l'étonnement se peindre sur le visage naïf de la vieille
paysanne; je vous demanderai la permission,

chère bonne, de séjourner ici jusqu'à la réponse du général.

— Nous allions vous en prier, Mademoiselle, se hâta de répondre Ernest, et d'y rester autant de temps que vous le voudrez.

— Bien obligé, mon petit ami, répondit cette aimable personne, souriant avec émotion de l'air de charmante et naïve politesse avec laquelle Ernest avait prononcé sa phrase... Mais vous ne dites rien, madame Janon, ajouta-t-elle, regardant la paysanne, non sans inquiétude.

— Je dis... je dis, Mademoiselle, répondit Janon embarrassée... que certainement, c'est avec plaisir que... mais... en vérité, d'un autre côté... n'ayant pas l'avantage de votre connaissance... sans connaître votre nom...

— Mon nom est dans cette lettre, répondit la jeune personne en rougissant et avec dignité... Du reste, et comme, en l'absence du général vous paraissez commander ici, je ne veux pas y séjourner malgré vous, veuillez m'indiquer une auberge dans les environs...

— Ce que j'en dis n'est pas pour vous offenser, dit Janon, qu'Ernest tirait par son tablier en lui soufflant à l'oreille : « Dis-lui de rester, dis-lui de rester ; puisqu'elle connaît papa, que crains-tu ? » Au contraire, et puisque vous connaissez le général...

— Je ne le connais pas... du moins de vue, dit sèchement l'inconnue.

— Mais peut-être votre père, ou votre mère, le connaissent-ils ! dit Ernest avec un sentiment de finesse exquis, et comme voulant lui insinuer cette réponse.

A ces mots l'inconnue fondit en larmes ; et Janon, dont le bon cœur ne put résister à cette douleur muette et sincère, répliqua vivement :

— Pardonnez, pardonnez, Mademoiselle ; ce que j'en faisais, c'était seulement par mesure de sûreté... Il y a tant de gens, avec des figures douces et trompeuses... et puis, n'a-t-on pas vu de malins génies, de vieilles vilaines sorcières se changer en jeunes et jolies filles pour vous attraper, et, quand elles vous ont

attrapés, reprendre leurs affreuses physiono-
mies?... Enfin pardonnez, restez chez nous
tant que vous le voudrez, c'est-à-dire jusqu'à
la réponse du général Pichard. Je vais vous
faire préparer une chambre...

— Enfin, vous resterez, Mademoiselle, dit
Ernest joyeux, Mademoiselle..... ajouta-t-il
comme pour chercher un nom.

— Henriette! dit l'inconnue en lui souriant
gracieusement.

CHAPITRE XXIII

Lettre d'un garde champêtre lettré, écrite sous la dictée de Janon.

Deux jours après l'installation d'Henriette au château, Janon un beau matin, sans rien dire à personne, mit une coiffe blanche, son tablier des dimanches, jeta sur ses épaules son mantelet d'indienne bleue à fleurs jaunes, doublé de laine rouge, et, après avoir recommandé à Catherine de ne pas quitter des yeux les enfants du mystère, ainsi que Mathilde et Ernest, elle s'achemina vers la demeure du garde champêtre, dont la petite maison blanche était la première du village de Lormond.

— Bonjour, Sauvageot et la compagnie, dit-elle en entrant dans la première pièce, où Sauvageot, tout seul, fourbissait le canon de son fusil.

— Bonjour, la mère Janon, qu'y a-t-il pour votre service? répondit le garde champêtre sans cesser son travail.

— Savez-vous écrire, Sauvageot? demanda Janon en s'asseyant sur une chaise.

— Et lire aussi, répondit Sauvageot.

— Mais écrire... là... comme le général Pichard... comme le petit Ernest, comme monsieur le curé, qui donne des leçons à Ernest et à Mathilde.

— Il y a plusieurs manières d'écrire, la Janon, dit Sauvageot d'un ton doctoral : je suis un garde champêtre lettré : lettré, retenez ce mot, la voisine! je sais écrire en gros, en demi-gros et en fin.

— En fin? dit Janon.

— En fin, comme en demi-gros, comme en gros, et je mets l'orthographe que je peux m'en flatter, dit Sauvageot en se frottant les mains.

— Eh bien ! Sauvageot, vite, en besogne, dit Janon, sortant de sa poche une feuille de papier à lettre, une plume et une petite écritoire de poche ; vite, mettez-vous là, et écrivez ce que je vais vous dicter.

— Vous avez l'air bien pressé, la Janon, dit Sauvageot, cédant comme malgré lui au ton despotique de la paysanne ; m'y voici.

— Mettez d'abord en haut de la page, dit Janon, « Hà mou nourriçon, le général Picharre, ô village de Pariz an France. »

(Avant d'aller plus loin, je veux vous dire, mes enfants, que je n'ai rien voulu changer à l'orthographe de Sauvageot, le garde champêtre *lettré*, comme il s'intitulait lui-même.)

Donc Janon dictant, et Sauvageot écrivant, voici la singulière épître qui en résulta :

« Mon nourriçon général,

» Ne vous zéfréyez pa, é écouté le récî épouvantable de ce ki cé pacé o kastel il y a 2 jours un jour de vandredi, pui, dite zenkor, mon nourrigon général, kil ni a pa de sorcié, et ke le vandredi né pa zun jour où il arrive toujour kelke maleur, zécoutez :

» Toute la çoirée, il y avai fet un tan du diable, une tanpête komo de mémouare domo on an navé vu. Dé la pluie, du van, de la nège, eksetera. Bien, nou zetion kouché depui lontan, lé zenfan du mistère chakun dans leur bergo, Erenest dan sa chambre, et Matilde dan la çienne ; lorske pa ta tras, un bruit infernal mo réveille, cé le diable, jo mo dis, efektiveman, ma porto étai ouverte kome par anchanteman. »

— Ça rime, dit Sauvageot en riant, et sans cesser d'écrire.

— Ne m'interrompez pas, dit Janon, vous m' feriez perdre le fil de mon histoire.

— Comme par enchantement, répéta Sauvageot.

Janon reprit :

— Bien, à la ligne.

« Oçito t'avek ce kourage que vou me konecé, je çote à ba de mon lit, je marme d'une pincette, et je vai droito lit dé zenfant du mistère, ils dormait kome

des bieneureux, lé zastres d'amour kil sont... j'apele
Matilde, pas de réponse, je kourza son lit, disparue;
bien! j'appelle Ernest, pas de réponse, je kour za
son lit, disparu; bien! sans perdre la tôte, je kour
dan tou le castelle, et enfin, deviné ce ke j'aper-
çois sur la nêge, Mathilde et Ernest qui trénait un
pakd noir, ce paké noir, c'était une belle et jeune
fame toute mouillée... bien!... sans m'étonner de ce
mistère ki en orait étoné bien d'autres, je prends cet
inkonue, je la sèche, je la kouche dans mon propre
lit... mais za pène kouchée, la voilà qui se met à
dévorer des yeux lé zeufan du mistère, et a pleurer
et à les zambrasser, kon aurait dit la Madelaine dans
le dezert, dont l'image est acrochée dan zun kadre
dor au milieu de l'églize... bien.., je me kouche
dan le gran fauteuil ke vou çavet; Ernest se rekouche dan con lit, Mathilde se rekouche oçi, et nous
redormon jusko landemain sans nous réveiller, ke
certe, si joze m'exprimer inçi, ça nétait pas tro naturel, bref, le jour vient, je me lève, je décent à la
cuisine, je fais le café, je fais les roties, je met mon
let sur le feu, pendan ce tan ke fait mon inconnu,
elle habille le zenfans du mistère... bien!... je
n'ai enkore rien à dire la dessus... elle ékrit à ki, à
vous mon nourriçon général; vous vous konnaissé
donk? pas du tout, elle dit kel ne vous konnait pa,

on lui parle de son père et de sa mère, elle fond en
larmes... toujour kom la Madelène du dezert,
koua !... attendez donc jusqu'à la fin... elle devine,
par un charme sans doute, ke le général est à Paris,
elle adresse sa lettre dans ce village de Paris, c'est
le petit à Kastagnot ki a porté la lettre à la poste et
ki me l'a dit... pui... ah ! voilà où je kru tomber à
la renverse... devinez, mon nourriseon, devinez, la
chambré ke cet intrigante à choisie pour koucher...
celle de madame la baronne... où il y a l'oratoire,
dans lakelle, le zenfant du mystère ont été apportés, si mystérieusement... bonté divine, kel trait de
lumière, mon général, une idée !... je ne suis kune
bête, mais je parie ke l'histoire des zenfant du mystères et celle de cette intrigante... ne font kune histoire... J'avais bien envie de lui refuser cette chambre... enfin elle insiste tant, et ce petit Ernest vour
ressemble tellement, mon général, ke kant il ordonne ou demande quelque chose, il me cemble ke
cé vous, bref, je n'ai pas osé la refuser... Je l'y
installe... à peine installée, elle se renferme, elle y
paçe une partie de la journée... au bout d'une heure
inkiette, ji vé, ji frappe, j'appelle, j'ékoute, pas le
plus petit bruit... je refrappe, je rappelle, bernike,
pas plus de réponçe que de beurre, kome si personne
n'était dans la chambre... et savez-vous ce kelle m'a

dit... kelle etet en prière dans l'oratoire... enfin... cela se peut... Ah! une chose ke j'oubliais de vous dire, mon nourriçon, une chose qui paçe toute kroyance, toute imagination, imaginez ke cet personne va dans le kastelle, kelle le parkour, kelle ouvre les portes, les *ormoires*, les fenêtres... comme si elle n'avait jamais fait autre chose de sa vie... Il y a de la sorcellerie, ou je ne m'y konnais pas, ces plus fort ke moi, elle me fé peur, ce né cependant pa kel et un joli et agréable vizage, bien blan, bien dou, bien roze, dé cheveu kome de la filace, et de zieu bleu kon dirait de la fayence, mé cet un vizage kel se fait, je le parie, et un bojour elle en prandra un afreu, son véritable... enfin, tan til y a, mon général, ke le dangé preçe, kil fo ke vou me doniez l'ordre de chaçer o plutot cet intrigante, ou kil nou zarivera maleur; cé moi, Janon, ki vous za nourri de çon let ki vou le dis... sur ce, mon général, je me di votre nourrice pour la vie.

» JANON. »

Cette lettre cachetée et mise à la poste à Lormond, Janon s'en revint plus tranquille chez elle, ce qui n'empêcha pas toutefois que, pendant les huit jours qui s'écoulèrent jusqu'à l'arrivée de la réponse du général, ses commentaires et ses conjectures allassent toujours *crescendo*; mais que devint-elle, bon Dieu, lorsque cette réponse, tant attendue, lui parvint, et qu'Ernest, son lecteur habituel, lui lut ces paroles :

« Ma chère Janon,

» Ayez les plus grands égards pour la personne reçue dans mon château, sous le nom de mademoiselle Henriette; je veux qu'on lui obéisse ni plus ni moins qu'on obéissait à la baronne, ma pauvre chère femme; je veux que mes enfants, ainsi que Juliette et Auguste, la considèrent comme ils auraient considéré leur mère, et que, jusqu'à mon arrivée, qui sera prochaine, tout ne se fasse chez moi que d'après la volonté de mademoiselle Henriette, aux pieds de laquelle je me mets comme le plus humble et le plus dévoué de ses serviteurs.

» Le général PICHARD. »

La stupéfaction tint Janon muette pendant

quelque temps; quand elle put parler, le seul mot qui sortit de sa bouche fut celui de *Sorcière!* puis ce fut avec les signes de l'effroi le plus grand qu'elle s'approchait d'Henriette, lui répondait, et la suivait de l'œil chaque fois que cette dernière touchait Juliette et Auguste, et les embrassait, ce qui arrivait fréquemment.

Toutefois, mes petits amis, comme notre intention n'est pas que vous partagiez l'erreur de Janon sur le compte de cette belle et intéressante Henriette, lisez la lettre qu'elle avait écrite au général, le lendemain de son arrivée au château, et j'ose croire que plusieurs mystères vous seront dévoilés.

CHAPITRE XXIV

Ce qui pourrait s'appeler la fin de l'Histoire des Enfants mystérieux.

« Monsieur le général,

» Je mets ma confiance en Dieu et mon espoir en vous, écoutez-moi, je vous en prie.

» Il y a quatre ans, deux enfants furent apportés mystérieusement dans l'oratoire de madame la baronne... C'est pour revoir ces deux enfants que j'encours peut-être la désapprobation de mon père et de ma mère qui sont dans le ciel, c'est pour ne plus les quitter après les avoir vus que je fais taire la fierté de mon âme que je force à s'humilier, et ma dignité de femme qui s'expose à un refus.

» Vous ne pouvez avoir oublié Hector de Barsac, le compagnon de votre enfance... C'était mon père!

En 1793, une différence d'opinion vous sépara ; pendant qu'une révolution nouvelle vous offrait une brillante et audacieuse carrière, une religieuse et solennelle croyance fermait celle de mon père ; vous partageâtes la gloire de Napoléon, il supporta l'exil de la famille infortunée à laquelle son cœur, ainsi que les idées qui avaient bercé son enfance, avaient juré une inviolable fidélité.

» Forcé par les circonstances de se défaire peu à peu de l'apanage de ses pères, une faiblesse d'orgueil à laquelle il obéissait presque malgré lui, lui faisait prendre en haine les nouveaux propriétaires de ses domaines ; ainsi, en 1815, lorsque, par une délicate et généreuse sollicitude, vous doublâtes, d'un seul coup, les enchères qui vous rendirent propriétaire de ce château, appelé, je ne sais pourquoi, *castel du Diable*, mon père... pardonnez-le-lui, Monsieur, du moins pardonnez-le à sa mémoire... mon père voua à vous et aux vôtres une haine éternelle... Bien que très-jeune à cette époque, puisque je n'avais que sept ans... je n'oublierai jamais le jour où nous quittâmes le château.

» Pendant que mon père faisait charger le bateau des effets non vendus qu'il s'était réservés dans l'acte de vente, ma mère, agenouillée dans l'oratoire de sa chambre, pleurait et priait devant une

grande madone en bois sculpté qui semblait faire
partie de la boiserie même. Tout-à-coup je la vis
quitter son prie-Dieu, s'approcher de la madone, et
lui lever le bras ; à ce mouvement la madone se dé-
tacha du mur, forma une ouverture dans la boiserie,
par laquelle ma mère passa. Plus curieuse qu'inquiète, je la suivis ; elle descendit quelques marches, décrocha une lampe qui brûlait au bas de
cet escalier, et s'avança dans un passage voûté
que je suivis ainsi qu'elle, sans oser revenir sur
mes pas ni interrompre le silence effrayant de ce
lieu en lui adressant la parole.

» Après avoir marché quelque temps, elle devant,
et moi toujours derrière, nous arrivâmes dans un
endroit entouré d'une grille, au milieu duquel s'é-
levaient plusieurs tombeaux. Quand je vis ma mère
ouvrir la grille, s'approcher d'un de ces tombeaux
et en soulever le couvercle, je crus que j'allais voir
un spectre, un revenant, un fantôme, je ne sais
quoi, et je poussai un cri qui avertit ma mère de ma
présence.

» Elle se retourna, me vit pâle, sans mouvement,
crut que je me trouvais mal, et, me prenant dans
ses bras, elle me porta à peu de distance de là ; puis,
choisissant dans son trousseau une petite clef que je
remarquai pour sa forme singulière, elle ouvrit

une porte et je me trouvai avec elle sur le bord de
la rivière. Je lui avouai la cause de mon effroi.

« Que tu es enfant ! me dit-elle, et comment peux-
» tu déraisonner assez pour croire aux revenants ?
» Viens avec moi, et tu vas voir pourquoi je soule-
» vais ce couvercle, qui n'est point celui d'un tom-
» beau, comme tu as pu le suposer. »

» Pardonnez-moi ces détails, monsieur le général, mais leur résultat a tellement influé sur ma vie
et sur celle de ces deux pauvres petites adorables
créatures dont votre généreuse pitié prend soin, que
je ne veux rien passer.

» Donc ma mère me prit par la main, et, tout en
me ramenant vers les tombeaux, elle me dit : « Il
» faut d'abord que tu saches, Henriette, que, pen-
» dant la Révolution, dont ton père parle assez sou-
» vent pour que tu n'ignores pas ce que je veux dire,
» ta grand'mère imagina, pour cacher les bijoux
» et l'argenterie de la famille, de faire construire un
» coffre en fer de la forme des autres tombeaux ;
» c'est celui-ci, ajouta-t-elle en me faisant toucher
» celui dont elle avait, il y a un moment, soulevé le
» couvercle ; hélas ! reprit-elle avec un soupir si
» douloureux, que mon âme, tout enfant que j'étais
» alors, en a conservé le souvenir ; hélas ! l'argen-
» terie a disparu peu à peu, les bijoux aussi, il n'y

» est plus resté qu'un seul objet... le livre de prières
» de mon mariage, et c'est celui que je suis venue
» chercher. »

» Ma mère prit alors dans cette caisse un livre
qui brillait malgré l'obscurité qui nous environnait.

» J'imagine aujourd'hui, monsieur le général,
que ma pauvre mère craignait que cet objet si précieux pour elle ne suivît le chemin de ses autres
bijoux, ce qui arriva plus tard, mon père prétendant
qu'il valait mieux emprunter de l'argent à ses écrins
qu'à ses amis.

» Le lendemain nous quittâmes le castel du
Diable, ma petite tête encore tout en travail de
cette visite souterraine.

» Je passe rapidement sur les dix années qui sui-
virent cet événement; nous habitions, ma mère et
moi, un faubourg de Bordeaux; mon père avait
repris du service et n'était presque jamais avec
nous. Ce fut à l'époque, en 1825, où ma mère mit
au monde deux enfants, que mon pauvre père fut
tué, et que la nouvelle en étant parvenue brusquement à ma pauvre mère, causa sa mort.

» Dans l'intervalle de huit jours, je me trouvai,
monsieur le général, orpheline à dix-sept ans, sans
aucune expérience du monde, de ses usages, de ses
exigences, et avec deux enfants nouveau-nés à ma
charge.

» Que faire? Ma mère, dont la fierté avait eu beaucoup à souffrir de son changement de fortune, ne voyait personne; que faire?... que faire?... Les premiers moments de ma plus affreuse douleur se passèrent à répéter ces deux mots, en regardant les deux innocents confiés à mes soins.

» Bientôt je me rappelai une tante fort riche et fort avare, à ce qu'on disait, qui habitait en Angleterre. Une tante est toujours une parente, me disais-je, elle ne me laissera pas à la porte, elle me recevra; et l'idée me vint de partir. Mais les pauvres chers petits orphelins, qu'en faire? me demandai-je encore au moins pour la centième fois; je ne pouvais les emmener; quant à les laisser, où?... mon Dieu!... Comme si Dieu m'eût répondu, le trousseau de clefs de ma mère frappa mes regards, et, au milieu de ce trousseau, la clef du caveau avec sa forme singulière et remarquable.

» Je savais que vous habitiez notre ancienne demeure, tous les paysans vantaient la bonté angélique de la baronne Pichard, et cependant, soit la fierté orgueilleuse de ma mère passée dans mon sang, soit que j'eusse hérité de l'animosité de mon père pour les acquéreurs de ses biens, jamais je ne pus me décider à venir franchement mettre ces enfants sous votre protection... jusqu'aux obligations que vous aviez à ma famille, tout me défendait cette démarche... Je pris donc un parti, le seul qui selon moi devait allier et mon amour-propre et votre générosité... Il était un peu romanesque; mais à dix-sept ans, la vie s'offre à vous sous des couleurs si riantes et si fausses quelquefois, que je l'adoptai avec l'enthousiasme et l'empressement de l'inexpérience.

» Je frétai (1) un bateau qui me conduisit en peu d'instants au pied du castel, où j'arrivai à la nuit close, je me fis débarquer juste en face de la petite porte conduisant au caveau; descendue à terre, j'attendis la nuit; munie d'une lanterne sourde, je pénétrai dans les caveaux, et, mes impressions d'enfance présentes à la mémoire, je m'avançai hardiment dans ce passage que je n'avais parcouru qu'une fois, il y avait dix ans de cela, et à un âge où souvent tout s'efface... Mais, quand un enfant est né avec le malheur, chaque douleur est un cachet qui grave les événements dans sa tendre imagination; il me sembla que c'était la veille que j'y avais suivi ma mère; il me sembla la voir encore, toute grande et toute mince avec sa robe blanche flottante qui s'ouvrait quand elle marchait, et je n'eus pas une hésitation; j'arrivai aux tom-

(1) Fréter un bateau, veut dire faire un prix avec le batelier pour un temps donné.

beaux, je vis le coffre de fer pareil aux tombeaux ; une émotion des plus fortes me força à m'arrêter en passant devant lui, je voyais encore la main blanche de ma pauvre mère en soulever le couvercle, et prendre son livre de prières, qui reluisait dans l'ombre. Toutefois je continuai ma route, et j'arrivai à l'entrée de l'oratoire ; la même statue y était répétée en dehors comme en dedans... Mais, avant de faire jouer le ressort, j'écoutai... un profond silence me fit présumer que cette partie du château était solitaire ; je l'avoue, je cherchai pendant longtemps la manière de faire tourner la statue ; ce ne fut qu'au matin, et au moment où j'allais y renoncer, que le bras céda, la madone tourna, et je me trouvai dans l'oratoire ; enchantée du succès de mon entreprise, je refermai l'ouverture, je quittai les caveaux, et, reprenant mon bateau, je retournai à Bordeaux ; je pris le berceau où étaient mon frère et ma sœur, que je nourrissais au biberon, et, avec tout ce qu'il fallait pour la nourriture de la journée, je revins au castel.

» Comme cette fois j'y arrivais au grand jour, et que, pour l'accomplissement de mon projet, il me fallait la nuit, je m'introduisis furtivement dans l'aile abandonnée, où je passai la journée à pleurer sur les deux orphelins que les circonstances me forçaient d'abandonner ainsi.

» La nuit venue, et ne voyant plus aucune lumière aller et venir dans le château, je me remis en route, j'atteignis sans encombre la porte à la madone ; mais, soit que j'eusse levé le bras brusquement, les gonds rouillés firent entendre un bruit criard qui, en un instant, mit sur pied quelques habitants de ce château ; j'entendis beaucoup de mouvement, puis des voix qui s'appelaient et se répondaient, puis enfin des pas qui s'approchèrent... j'entendis qu'on visitait l'oratoire ; et cachée derrière cette statue de la madone, dont le moindre attouchement pouvait déranger et faire découvrir ma cachette, je tremblais comme un voleur pris en flagrant délit. Dieu merci, la pièce était petite, la revue en fut vite faite ; on se retira, mais je restai encore une heure sans oser bouger.

» Quand je me hasardai à pénétrer dans l'oratoire, tout le monde dormait au château ; je posai mes chers enfants toujours endormis dans leur berceau, près de la petite chapelle surmontée d'un beau christ en argent, auquel je les recommandai, et, sans oser les embrasser de peur de les réveiller, je repris le chemin par où j'étais venue. Je retrouvai mon bateau, je partis pour Bordeaux, et deux jours après je montai à bord d'un navire caboteur qui me conduisit à Londres.

« LÀ, Monsieur, commença pour moi une série d'infortunes que j'attribue, hélas! autant au malheur qui m'accable depuis ma naissance, qu'à mon inexpérience des choses de ce monde. Écoutez-moi, peut-être est-ce encore une de mes chères illusions qui me reste, mais la fille du compagnon de votre enfance ne peut pas vous être indifférente au point de ne pas achever cette lettre, telle longue qu'elle soit déjà.

» En débarquant à Londres, et sans aucun doute sur la réception que ma tante devait me faire, je pris une voiture dans laquelle je mis mes paquets, puis, moi et mes paquets, je me fis conduire à ***, où l'on m'avait dit qu'elle demeurait.

» Je fus reçue à la porte par une grande femme sèche et noire, que le bruit du carrosse avait attirée, et qui me demanda qui j'étais et ce que je voulais.

» —N'est-ce point ici la demeure de lady Norton? demandai-je.

» — Oui, après? me dit brusquement la femme noire et sèche,

» —Je suis sa nièce, dis-je, peut-être avec un peu trop de candeur, la fille de la comtesse de Barsao.

» — Après? me dit encore cette femme.

» — Mon père est mort, ma mère aussi, et je viens demander un asile à ma tante... lui répondis-je, un peu intimidée de ces deux laconiques réponses.

» A ces mots, la figure de cette femme devint encore plus longue et encore plus noire, ses yeux semblaient lui sortir de la tête.

» — Il faut que vous soyez une bien grande effrontée, me dit-elle, pour venir ainsi de but en blanc tomber sur le corps d'une pauvre vieille femme qui a à peine de quoi vivre!

» — Eh quoi !... dis-je étonnée, lady Norton n'est-elle pas riche?

» — Loin de là... me dit cette femme en baissant la voix, et, sans moi, son amie plutôt que sa servante... je ne sais pas souvent comment elle ferait... Croyez-moi, la jeune fille, retirez-vous, et ne venez pas réveiller les douleurs d'une tante envers laquelle votre mère a eu tant de torts.

» Et comme je voulais prendre la défense de ma pauvre mère, qui certes n'a dû avoir de torts envers personne, elle ajouta avec un ton sec qui m'imposa :

» — Allez, retournez d'où vous venez, allez où il vous plaira, mais, je ne vous le cache pas, j'ai ordre de votre tante de jeter à la porte de chez elle tou-

ceux qui se présenteront de la part de la famille
de Barsac, contre laquelle, je vous le répète, elle a
de justes griefs... Que cela vous soit dit une fois
pour toutes...

» Puis, me voyant tellement saisie, que je ne son-
geais pas même à m'en aller, elle ajouta avec plus
le douceur :

» — Je suis bonne, et, si vous êtes dans le besoin,
adressez-vous à moi, mais à moi seule... et la nièce
de celle que j'aime plus que ma vie ne périra pas,
faute de quelques secours.

» Que vous dirai-je, Monsieur ? je me retirai, je me
fis conduire dans un hôtel garni, à la maîtresse duquel je me recommandai, car j'avais pris tout de
suite un parti, celui d'entrer comme institutrice
dans quelque famille ; le hasard me servit cette fois :
mistriss Gray avait trois filles charmantes, dont je
fus plutôt l'amie que la gouvernante, et j'y restai
jusqu'au mariage de la troisième, qui a eu lieu le
mois dernier ; puis je ne songeai plus, avant d'entrer dans une seconde place, due aux soins de mes
jeunes amies, qu'à revenir en France, qu'à revoir
mon frère et ma sœur, qu'à les embrasser.

» Avant de quitter l'Angleterre, je ne vous cache
pas, Monsieur, que j'ai fait une seconde tentative
auprès de ma tante ; mais il ne m'a pas été plus fa-

elle de lui parler cette fois que l'autre. Tout ce que
j'ai su sur son compte, le voici : elle est très-vieille,
passe, malgré ce qu'en dit sa servante, pour être
très-riche, elle ne quitte pas sa chambre à coucher,
et ne permet qu'à un très-petit nombre de personnes
de parvenir jusqu'à elle... Son seul but sur cette
terre est de vivre longtemps, et, comme les émotions abrègent la vie, elle s'en met à l'abri en se
renfermant; de plus, elle donne à son médecin, qui
vient la voir tous les jours, une guinée, chaque
jour, mais elle lui a si bien signifié qu'elle ne lui
laissera rien dans son testament, qu'il est ainsi de
son intérêt de la faire vivre le plus longtemps possible.

» Tous ces détails m'ont empêchée, comme vous
le pensez bien, d'insister, et je suis partie sans le
voir, mais non sans lui écrire... J'ignore le sort de
ma lettre, mise à tout hasard à la poste, et confiée à
la grâce de Dieu.

» Maintenant j'en viens, Monsieur, à mon intro-
duction chez vous. Arrivée le matin à Bordeaux,
je ne voulais pas que le soleil se couchât sans avoir
embrassé mon frère et ma sœur; embarquée à deux
heures après midi, une affreuse bourrasque m'a
tenue quatre heures sur l'eau; il faisait nuit close à
mon débarquement à Lormond... Mais c'est en

vain que je sonnai au portail du castel; le vent, la pluie, la neige, empêchaient sans doute le bruit de la sonnette d'arriver jusqu'aux habitants... Je ne sais combien d'heures je suis restée à cette porte. Je me rappelle cependant que le froid m'a saisie, que je me suis traînée sous un arbre, où je suis tombée évanouie, où je serais morte sans nul doute, sans deux anges, sans deux enfants, les vôtres, Monsieur, qui ont bravé la peur et l'ordre de leur bonne, pour venir me secourir. Les détails charmants de leur excursion nocturne vous feront remercier le ciel des deux enfants qu'il vous a donnés... Je les aime et les confonds dans mon cœur avec ceux dont je suis devenue la mère.

» Auguste et Juliette, mon frère et ma sœur, je les ai revus, je les ai embrassés, et je n'ai plus le courage de m'en aller; mon orgueil, ma fierté, la crainte d'un refus, tout laisse la place, chez moi, à un seul sentiment, celui de ne jamais les quitter.

» Monsieur le général, je me jette à vos pieds; vous avez accueilli les deux orphelins : ne rejetez pas leur sœur aînée; vos enfants ont besoin d'une institutrice : gardez-moi, je remplirai cet emploi avec zèle, avec amour, avec conscience... Si vous ne me jugez pas digne d'élever vos enfants, eh bien! gardez-moi comme leur servante; car rien,

Monsieur, rien ne me coûtera pour rester près des
précieux dépôts que la mort m'a légués... Oh! laissez-moi, moi, pauvre orpheline, privée depuis si
lontemps des joies d'une famille; laissez-moi au
milieu de la vôtre, n'importe à quel titre, n'importe
à quel prix. Que ce papier baigné de mes larmes
ne vous laisse pas froid à mes prières, mon cher
Monsieur.

» HENRIETTE DE BARSAC. »

CHAPITRE XXV

Encore un dernier mystère.

Nous avons vu la réponse que le général Pichard adressa à Janon, et nous sommes forcé d'avouer qu'il n'avait agi ainsi que par un reste d'espièglerie et de jeunesse que les hommes conservent ordinairement très-longtemps. Il trouvait amusant de mettre l'esprit de sa vieille nourrice à la torture, en laissant à son imagination superstitieuse un vaste champ ouvert à ses folles conjectures, et Dieu sait si Janon s'en donna.

Cette jeune sorcière avait ensorcelé son nourrisson; elle avait ensorcelé les enfants du mystère, qui ne pouvaient plus la quitter; elle avait ensorcelé Ernest et Mathilde, qui, chose incroyable! préféraient ses histoires, des histoires de grands personnages, hommes comme femmes, qui avaient illustré le pays où ils avaient vécu; ils préféraient, disait-elle, les histoires simples et touchantes de cette inconnue à ses contes merveilleux et fantastiques, où les revenants, les fées et les sorcières jouaient toujours un si grand rôle. Bien plus, et non-seulement cette inconnue, que personne ne connaissait, ajoutait-elle, avait ensorcelé tout ce monde, mais encore Lignac et Catherine, qui, de la meilleure foi du monde, répondaient à toutes ses assertions :

— Mais non, la Janon, cette personne n'a pas l'air trop sorcière.

— Enfin, pour achever et couper court, ajoutait encore la vieille paysanne, elle a ensorcelé

jusqu'à moi, qui, malgré moi, fais ce qu'elle
veut; j'ai beau me dire, me répéter que je ne
veux pas telle ou telle chose, quand elle vient
avec sa voix douce et ses yeux bleus si mignards
et qu'elle me dit : « Janon, je vous en prie,
faites ça, » eh bien! il faut que je le fasse; il
y a un sort là-dessous, ou je ne m'y connais pas.
Aussi pouvait-il en être autrement? Une personne arrivée ici un samedi soir, par une tempête effrayante, et roulée dans un manteau...
Enfin, qui vivra verra.

Cette phrase concluait tout chez Janon; quand
elle l'avait dite, elle croyait avoir tout dit.

Toutefois, et par le même courrier qui portait à Janon cette réponse peu satisfaisante,
Henriette de Barsac recevait cette lettre du général.

« Mademoiselle,

» Le château de Barsac ne peut être, ne sera jamais fermé à aucun des vôtres; et moi, le protégé

e votre père, moi qui dois à votre famille tout ce que je suis, j'aurais plus que mauvaise grâce à ne faire prier.

» Vous êtes chez vous, Mademoiselle; ce château acheté en mon nom n'a jamais été regardé, par moi, que comme un legs arraché aux créanciers de mon pauvre Hector, et que je devais conserver intact pour l'un ou l'autre de ses descendants, qui voudrait bien le recevoir de mes mains. Je vous le répète donc, vous êtes chez vous, Mademoiselle, et, dans quelques jours, c'est moi qui irai, pauvre et souffrant, réclamer de votre bonté un asile pour moi et pour mes chers enfants, que la faillite d'un ami vient de ruiner presque entièrement.

» Recevez, Mademoiselle, l'hommage de mon respectueux et tendre attachement.

» PICHARD. »

CHAPITRE XXVI

Conclusion.

Le général arriva quelques jours après la réception de ces deux lettres, et, bien qu'il fût fort âgé, — il avait à cette époque soixante-dix ans, — certes, on ne les lui aurait pas donnés, tant il était bien conservé, jeune encore d'esprit et de corps, d'une physionomie douce et calme, d'une gaieté charmante. Il était encore bien fait pour plaire, aussi plut-il excessivement à Henriette qui, traitée par lui en fille chérie, le regarda bientôt comme son père.

Pendant quelque temps il ne fut plus question ni d'obligé ni d'obligeant, on ne savait at juste quel était le véritable propriétaire du château, ou du général Pichard, ou d'Henriette de Barsac; Janon seule commandait, et personne, chose rare, n'en appelait de ses décisions. Quant à Ernest, à Mathilde, à Auguste et à Juliette, comme tous s'entendaient pour les aimer, ils étaient les enfants les plus heureux du monde.

Une seule chose qui, au milieu de cette union générale, contrariait et même fâchait très-fort la vieille bonne, c'est qu'Henriette, qui, comme je viens de vous le dire, savait des histoires charmantes, qu'elle racontait à ravir, attirait à elle, non-seulement l'attention des enfants, mais encore celle du général, qui, de jour en jour, s'attachait davantage à cette intéressante personne.

Une lettre pensa changer un beau jour toute

l'harmonie qui régnait au château, et occasionna, de la part de Janon, de nouveaux commentaires sur mademoiselle de Barsac.

Ce fut Janon qui reçut cette lettre; un étranger l'avait apportée et était reparti sans attendre la réponse; cette lettre était adressée à mademoiselle de Barsac; à peine l'eut-elle lue, qu'elle demanda un bateau et s'embarqua pour Bordeaux.

Vous connaissez assez Janon, mes enfants, pour deviner que ce petit événement fut raconté au général avec des circonstances non atténuantes; elle amplifia tellement, et ce que lui avait dit le porteur de la lettre, qui ne lui avait rien dit, et ce qu'avait dit Henriette, qui s'était bornée à demander un bateau sans ajouter un mot, qu'un nuage s'éleva sur la figure du général lors du retour d'Henriette, qui n'eut lieu que le soir à l'heure du dîner, et que ce fut la voix altérée et presque sévère qu'il s'informa d'où elle venait.

Au grand ébahissement de Janon, qui servait à table, elle répondit :

—· Je veux vous donner le droit, mon cher protecteur, de m'adresser dorénavant de pareilles questions, et je veux m'ôter celui, moi, de ne pas y répondre... J'ai réfléchi qu'un seul lien pouvait désormais autoriser mon séjour chez vous... Vous m'avez jugée capable de servir de mère à vos enfants, me trouvez-vous digne maintenant de porter votre nom?...

Et, comme le général interdit ne savait si Henriette badinait ou parlait sérieusement, elle lui tendit la main, et, la voix altérée ainsi que les yeux mouillés de larmes, elle ajouta ·

— Voulez-vous m'épouser, général?

— Moi! moi! dit le général; mais songez donc à votre âge, au mien!

— C'est parce que j'y songe que je renouvelle ma question, répliqua mademoiselle de Barsac; le malheur m'a vieillie, le bonheur dont vous avez toujours joui vous a conservé jeune... vous voyez qu'il y a compensation.

Encore une fois, pensez-vous que la fille de votre ami Hector puisse faire votre bonheur?

— C'est moi qui crains de ne pas pouvoir faire le vôtre, dit le général ému, prenant la main qu'Henriette lui tendait, et la portant à ses lèvres.

— Ceci me regarde, dit-elle gaiement.

— Et la lettre... dit le général.

— Vous la lirez le jour où vous aurez le droit de me la demander, répondit-elle.

Après le dîner, Janon, qui n'avait rien dit, revint à la cuisine tout en larmes, et raconta à sa manière l'offre d'Henriette d'épouser le général.

— Quelle intrigante! ne cessait-elle de dire... quelle intrigante!... épouser mon nourrisson... devenir madame la baronne.. Ah! tous les malheurs devaient nous arriver avec elle... c'est sûr... et cette lettre que personne n'a lue, que personne ne lira... C'est une attrape-nigaud, pour se faire épouser...

connu... Quand tu m'épouseras, tu la liras ;
et puis, quand elle sera épousée... où est la
lettre?... ni vu ni connu, je t'embrouille...
Je savais bien le général curieux... mais curieux
à ce point, c'est trop fort... Enfin, qui vivra
verra...

Le jour où l'on devait passer le contrat ne
vint que trop tôt pour Janon, et ce fut avec
toutes les peines du monde que le général la
força à entrer au salon.

— Tu m'as tenu lieu de mère, lui disait-
il, il faut que tu signes à mon contrat de mariage.

— Je ne sais pas écrire, répondit Janon.

— Tu feras une croix, lui répondit le général.

— Ah! j'en porte une fameuse, depuis l'entrée de cette in... au château... Dire que ses
contes ont fait oublier les miens.

Elle n'osa achever le nom d'intrigante ou de

mauvaise fée, dont elle se servait habituelle-
ment.

Toutefois, ayant mis son plus beau *désha-
billé* et son bonnet des dimanches, on l'installa
dans un grand fauteuil, ayant à ses pieds les
enfants du mystère, qu'elle s'obstinait toujours
à appeler ainsi, et, le notaire étant arrivé, on
commença à rédiger le contrat.

Après les noms des futurs conjoints, le notaire demanda quel était le douaire de la fu-
ture.

— Ce château-ci et toutes ses dépendances,
répondit le général.

Henriette tendit sa main en souriant au général.

— Merci, lui dit-elle.

— Elle accepte, Dieu me pardonne! ajouta Janon entre ses dents.

— Et celui du futur conjoint?

Henriette se leva, et, posant sur la table
plusieurs papiers, elle se hâta de dire :

— Un million sur la banque d'Angleterre ..

Puis, profitant de la stupéfaction que ces mots avaient jetée dans l'assemblée, elle sortit une lettre de sa poche, qu'elle présenta au général.

— Lisez, lui dit-elle avec une adorable rougeur, voici cette lettre que vous avez maintenant le droit de me demander... Elle est du notaire de cette grand'tante de Londres dont je vous ai parlé... Ma pauvre grand'tante!... sur ses derniers jours, cette vieille servante qui m'avait refusé la porte de chez elle la servait si mal, que souvent la pauvre femme était obligée d'aller chercher elle-même ce qu'il lui fallait; ce fut dans un de ces moments qu'ayant besoin d'un morceau de sucre et ne trouvant pas Arabella sous sa main, elle alla elle-même au buffet...: Une lettre, en partie déchirée, frappa ses regards... elle la prit... la lut, c'était la mienne... vous devinez le reste; Arabella fut chassée; mais ce coup était trop rude pour la santé délicate et le grand âge de ma tante... Elle mourut bientôt. non toutefois sans

avoir au préalable fait un testament en ma fa-
veur... J'étais riche... heureuse... Le seul
moyen d'égaliser la fortune de vos enfants et
des miens était de vous épouser, général... Je
suis sûre que je ne m'en repentirai jamais...
j'espère qu'il en sera de même de vous.

Des sanglots interrompirent le discours
d'Henriette, qui se retourna et vit à ses pieds
la vieille Janon, qui baisait le bas de sa robe.

— Ah! vous êtes une ange... une ange...
répétait-elle entre chaque sanglot.

— Eh! non... je suis une fée... lui dit Henriette en souriant.

— Il y a de bonnes fées! dit Janon se relevant victorieuse.

Puis le mariage eut lieu, mes enfants, et ce
qui acheva de charmer tout-à-fait la vieille bonne
c'est qu'Henriette, après avoir écouté avec la
plus grande patience le récit de tous ses contes,
les a écrits, les a fait imprimer à ses frais, et,
après les avoir fait relier magnifiquement en
maroquin doré sur tranche, et avoir fait graver

en lettres d'or sur la couverture : *Contes de ma Bonne*, les lui a donnés pour ses étrennes.

— J'étais bien sûre que cette personne nous porterait bonheur! répétait-elle avec emphase.

Et si par malheur on lui rappelait ses anciens pronostics, elle se pinçait les lèvres et répondait seulement :

— Je ne sais pas ce que vous voulez dire, je ne vous comprends pas.

FIN.

TABLE.

TABLE.

—

FIN DE LA TABLE.

Limoges. — Imp. E. Ardant et Cie.

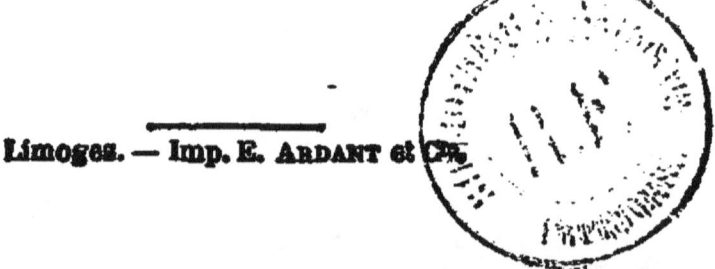

Original en couleur

NF Z 43-120-8